巴里マカロンの謎

米澤穂信

ックス・ と
食べます」その店 セ
ットで注文できるマカロ 。し
かし小佐内さんの皿には、あるはずのない四つめのマカロンが乗っていた。誰がなぜ四つめのマカロンを置いたのか。それ以前に、四種の中で増えたマカロンはどれか。「ぼくが思うに、これは観察力が鍵になる」小鳩君は早速思考を巡らし始める……。心穏やかで無害で易きに流れる、誰にも迷惑をかけない小市民になるべく互恵関係を結んだあのふたりが帰ってきました！　お待ちかねシリーズ十一年ぶりの新刊、四編収録の作品集登場。

巴里マカロンの謎

米　澤　穂　信

創元推理文庫

THE PARIS MACARON MYSTERY

by

Honobu Yonezawa

2020

目次

巴里マカロンの謎

扉イラスト　片山若子

巴里《パリ》マカロンの謎

1

二学期が始まって少し経ち、昼はまだまだ汗ばむけれど朝夕の風はどうかすると冷たいぐらいで、ときどきは秋らしいうろこ雲も見かけるようになった九月半ばのある日の放課後、ぼくは頭の中に疑問符をいっぱいに浮かべながら、名古屋に向かう電車に揺られていた。

ぼくが住む木良《きら》市から名古屋までは、快速電車に乗れば二十分とかからない。充分に行動範囲内ではあるけれど、実のところこれまで新幹線に乗るため以外の理由で名古屋に行ったことはなかった。それがこうして午後の街並みを眺めながらどこかの街に向かっているのは、ほかでもない、小佐内《おさない》さんに連れてこられたからだ。

高校一年の夏休みも終わりに近い頃、とある理由で、帰宅が大幅に遅れたことが何日かあった。その理由を問い詰められたぼくは、危ういときにはお互いを言い訳に使うという小佐内さんとの約束に頼り、遅くなったのは文化祭の準備のためだと説明してもらった。ぼくはそれで窮地《きゅうち》を脱したので、互恵《ごけい》関係に従って次はぼくが小佐内さんの役に立つ番というわけだ。窓ふきでも草むしりでもやるつもりでいたけれど、小佐内さんが望んだのは、

「こんどの金曜日、いっしょに名古屋に行って」

ということだった。

木良市から名古屋に向かう快速の車内には、二人がけの座席が向かい合わせに設置されている。帰宅ラッシュの時刻にはまだ少し早いのに、すれ違ったときに見た下り線の車内は既にぎゅうぎゅう詰めだった一方、上り線はがらがらに空《す》いているので、ぼくたちは二人で四人分の座席を使っていた。小佐内さんは腿《もも》の上に雑誌を広げ、顔にはさしたる表情も表われていないけれど、足をぶらぶらと振り続けているのがやけに楽しそうだ。訊《き》いていいのかわからないまままここまで来てしまったけれど、時刻表によればあと十分で名古屋に着くいま、やはり尋ねておいた方がいいだろう。果たしてぼくはなんのために名古屋に連れていかれるのか？

「ねえ、小佐内さん」

足の動きをぴたりと止めて、小佐内さんは顔を上げる。

「なあに」

「助けてもらったお礼だから、お望み通りにするけどさ。ええと、もしよかったらでいいんだけど、聞かせてもらえないかな」

きょとんとした顔で小首を傾《かし》げ、

「なにを?」

と訊かれた。小佐内さんがこれだけぬけぬけした態度を取るからには、もしかしてぼくは、すでに今日の目的を推測するに足るだけの情報を与えられているのだろうか。だとしたら答えを聞くのはまだ早い、まずは手がかりを整理しないと。

などと考え始めたぼくをよそに、小佐内さんは「あっ」と呟《つぶや》くと、ようやく納得がいったように頷《うなず》いた。

「そっか。なにするのか言ってなかった」

「あ、教えてくれるんだ」

「わたしたちはこれから、新しくオープンしたお店、パティスリー・コギ・アネックス・ルリコに行って新作マカロンを食べます」

うん、まあ、そんなことだろうとは思っていたけど、それでもやっぱり問題は残る。

「なんでぼくを連れていくの?」

「秋の限定フレーバーは四種類あるけど、この雑誌によれば」

腿の上の雑誌をぴたぴたと叩き、小佐内さんはおそろしく真剣な目で言った。

「ティー&マカロンセットで選べるマカロンは三種類だけだから」

つまり残りの一種類をぼくに注文しろ、と。それもまあ、そんなことだろうと思っていた。

となれば残る疑問は一つ、

「持ち帰りはできないの？」

そう問うと小佐内さんは哀しみに満ちた笑みを浮かべ、車窓《しやそう》から彼方《かなた》の地平を見つめる。

「それができれば……苦労はしないの……」

その横顔は、さながら運命に耐える殉教者のようだ。

「さて、わたしはいまから講義をします」

興が乗ってきたのか、小佐内さんは出し抜けにそんなことを言い出した。

電車は途中の停車駅を出発し、次が名古屋というところ。小佐内さんは座席に座り直して背すじを伸ばし、おまけに咳払いをした。

「古城春臣《こぎはるおみ》というパティシエがいます。彼は中学を卒業するとすぐフランスに渡り、有名パティスリーで十年にわたり修業を積みました。その有名パティスリーの店名ですが、フランス語なのでわたしには読めません。カタカナで書いてくれてもよかったのにと思います。帰国後は主に名古屋市内のホテルで働いていましたが、三十歳の時、家族を名古屋に置いたまま、自分の店パティスリー・コギを東京の自由が丘に開きました」

「単身赴任ってこと？」

小佐内さんは、話の腰を折られてちょっとくちびるを尖《とが》らせた。

「自営業は赴任って言わないと思う」

誰かに任じられて行く訳じゃないんだから、そうか。

「じゃあ、なんて呼べばいいんだろう」

「出稼ぎ……かな？」

「ちょっと違うような」

「そんなことはどうでもいいの」

ぴしゃりと言われてしまった。

「月刊マカロナージュのインタビューによれば、古城春臣はこの東京出店について……」

言いながら、小佐内さんは学生鞄《かばん》からクリアファイルを出した。雑誌の切り抜きをたばにして挟んでいるようで、そのうちの一枚を選んで抜き取り、目の前に掲《かか》げて読み上げる。

「『より大きな世界で力を試したかった。一番高いハードルを跳べれば、ほかのことは怖くなくなる』と語っています」

「積極的な人なんだね」

「ちなみになかなかの美男です」

切り抜きをくるりとこちらに向ける。コックコートを着て腕を組み、快活に笑うカラー写真の男は、ぱっと見ただけの印象では無骨そうながら、言われてみれば整った顔立ちをしている。三十歳というところだろうか。顔つきといい立ち姿といい自信に溢れているけれど、胸に下げている銀色のネックレスは、ちょっと似合っていない気がする。組んだ腕から伸びる指は細く、飾り気はなく、爪もさすがに短く整えられていた。

もちろんぼくは、古城春臣の写真やインタビューよりも、そんなものを小佐内さんが持ち歩いていたことの方に深い感銘を受けていた。ぼくに見せるためとは思えないので、自分が勉強するためなのだろう。放課後に甘いもののお店に行くからといって、雑誌の記事を切り抜いて持っていこうという発想そのものが、ぼくの想像の外にある。

感心と啞然《あぜん》の合間にあるぼくの微妙な感情は気にもかけず、小佐内さんは次の記事をクリアファイルから抜き出す。

「パティスリー・コギはイートインを重視する作戦で成功し、評判になりました。古城は新宿と日本橋のデパートの催事に招かれて出店し、そのどちらも好評を博した後、三年後には代官山に二号店を構えるに至ります。これがパティスリー・コギ・代官山です。このお店も繁盛《はんじょう》し、激戦区でのお店を連続で成功させたことで、古城春臣の名は不動のものとなります。この頃から古城は口髭《くちひげ》を生やし始めます。ちょっとむさいです」

と言いながら、今度も切り抜きをぼくに見せる。今度はキッチンで生地《きじ》に向かうところを撮った写真だ。黒々とした口髭はインパクトが強く、むさいという小佐内さんの意見もよくわかる一方、成功者の威厳みたいなものが出ていてぼくはそんなに嫌いではなかった。身につけているものはさっきの記事とまるで変わっていないようだけれど、貫禄が出てきたせいなのか、今度はネックレスも浮いては見えない。ちらりと見た記事では、休日は何をしているのかと訊かれ、「ほとんどは名古屋に帰って、妻と娘に会っています。家族から力をもらうからこそ、次の日からまた仕事に集中できるんです」と語っている。ずいぶんたいへんそうな生活だけど、新幹線一本で行き来できるだけましなのかもしれない。

「そして今年の一月、とうとう名古屋出店が発表されました。それが今日これから行く、パティスリー・コギ・アネックス・ルリコで、古城春臣にとっては故郷に錦を飾るということになります。なにより大事なのは、もちろん……」

新しい記事を出しながら、小佐内さんは力強く言った。

「名古屋だったら、わたしも放課後に行ける、という点なのです」

小佐内さんが手渡してきた三枚目の記事では、少し頬がこけた古城春臣が、ちょっと不敵な感じで笑っている。今度もコックコートだけど、年齢が上がって趣味が変わったのか、ネックレスはしていなかった。その記事をざっと見て、「名古屋の新しい店は東京の店とは違う方向性を目指したい。パティスリー・コギらしさというのを作り上げることは大事だが、同じことを繰り返しても進歩がない。女性的な感性を活かした店にしたいと思っていて、店名もパティスリー・コギ・アネックス・ルリコに決めている」という記述を見つける。

「女性的な感性を活かした店にするって書いてあるね」

「うん」

「どんな店なんだろう」

小佐内さんは、ちょっとつまらなそうな顔をした。

「わかんない」

「曲線を生かしているとか？」

「曲線でできてない生き物がいたら、びっくりすると思う。……でもたしかに、アールヌーボー的な感じっていう意味なのかも。ごめんね、ちゃんとした返事ができなくって。いまのわたしにとってお店の雰囲気って、大切ではあるけど二番目以下なの」

マカロンが一番なんだね。

ぼくは記事を見ながら、古城春臣氏の言わんとすることを推察する。

「……とにかく、だから店名にアネックス・ルリコってつけたのか。つまりこのルリコさんは具体的な人間の名前じゃなくて、女性的な雰囲気を出すための、一種のイメージってことなんだね」

なかなか洒落《しゃれ》ていると感心していたら、小佐内さんがちょっと哀れむような顔で、

「店長さんが田坂瑠璃子《たさかるりこ》っていうの」

と言った。

「あ、そうなんだ」

「いろいろ忙しくなった古城春臣に代わって実質的に自由が丘店の店長を務めていて、国内のコンクールでの優勝実績もある実力派、パティスリー・コギの切り札が、田坂瑠璃子さんです。

……ごめんね小鳩《こばと》くん、今日は彼女の資料は持ってきてないの。小鳩くんがそんなに興味を持ってくれるとは思わなかったから」

「いや、それはいいんだ」

「月曜日には持っていくから、それでいい？」

「いや、いいんだ」

「明日でもいいよ」

「いいんだ小佐内さん、ありがとう。気持ちが嬉《うれ》しいよ」

快速電車が速度を緩《ゆる》めていく。アナウンスがのんびりした声で、名古屋駅への到着を告げた。

2

パティスリー・コギ・アネックス・ルリコは、名古屋駅から南に歩いて十分ほどの場所に建っていた。駅前ほどではないけれど商業ビルが建ち並ぶ地域で、十字路に面したビルの一階に入っている。壁は煉瓦《れんが》、あるいは煉瓦っぽい質感のタイルでできていて、青々とした蔦《つた》が伸びている。白い両開きのドアの脇に真鍮《しんちゅう》っぽい質感の看板が埋め込まれ、アルファベットが並んでいるが、見慣れない単語なので目が滑《すべ》る。まあ、店名が書かれているのだろう。

庇《ひさし》の下にイーゼルが置かれていて、黒板が立てかけられている。「ご来店ありがとうございます。テイクアウトはただいま準備中です。九月二十日から販売開始いたします」と書かれているので、小佐内さんが四つめのマカロンを買って帰れないのは何か深刻な理由のせいではなく、単にお店の用意ができていないかららしい。

駅前からは少し離れるけれど栄《さかえ》の賑《にぎ》わいにはまだ少し遠いという、あまり良くない立地に思えたけれど、五時前のこの時間帯でも店内は大いに賑わっていた。甘い香りが漂う店内は天井が高く広々としていて、床面積もかなりありそうだけれど、大きなショーケースがL字型に鎮座して場所を取っているためか、テーブルの数は多くなかった。二人掛けのテーブルを、必要に応じてくっつけて使うようだ。黒く、ポケットのないエプロンをつけた店員さんが近づいてくる。

「いらっしゃいませ。何名様ですか」

小佐内さんの目がショーケースに釘付けなので、返事はぼくがする。

「二人です」

「お二人様ですね」

店員さんの胸にはネームプレートがついていて、佐伯《さえき》という名前があるほかに、赤い字で研修中と書かれている。オープンしたばかりだそうなので、店員さんも経験が浅いのは当然のことだろう。

その店員さんは、ただ一つだけ空いているテーブルを手で示した。

「あちらの窓際の席をお使いください。先にご注文をどうぞ」

どうやら、まず注文する方式らしい。ぼくたちはショーケースに向かい、ぼくたちが使うことになるテーブルには、店員さんが「6」と書かれた札を置いていった。使用中のしるしなのだろう。

小佐内さんがマカロンと言ったからマカロン専門店なのかと思っていたけれど、ショーケースにはさまざまなケーキが並んでいる。ぼくでも知っているフレジエやオペラ、モンブランのほか、ちょっと見ただけでは名前を憶《おぼ》えられないようなケーキも多い。マカロンはショーケースの三分の一ほどを占めていた。パステルカラーのものがあり、原色に近いものがあり、マーブル模様のものがあった。ちらりと見ると、小佐内さんは力が抜けたふにゃふにゃの笑顔でマカロンの列を見つめている。

咳払いすると、小佐内さんはきっと眉根に力を込めた。

「注文するのはさっきも言った通り、ティー&マカロンセット。小鳩くんには、パーシモンのマカロンをお願いしてほしいの。残り二つは好きなものを頼んでね」

「はい」

ショーケースに並ぶマカロンを眺め、こちらもネームプレートに研修中の文字が入った店員さんに注文する。

「ティー&マカロンセットで、マカロンはパーシモンと、バナーヌと、カカオでお願いします」

お席でお待ちくださいと言われたのでテーブルに向かう。

ぼくたちが通されたのは窓際の席だった。壁面全体が窓になっていて、四車線道路に面している。道路の向こうには大時計を備えたビルが建っていて、時計の針は五時ちょっと前を指していた。座り心地のいい椅子に身を沈め、ぼくは小さく息をつく。まさか学校帰りに名古屋でマカロンを食べることになるとは思わなかった。小佐内さんといっしょにいると、いろんなことがある。

ぼくたちが入店したことで店は満席になった。目で数えると、席数は十二席だ。小佐内さんの話を聞く限りわりと若者向けの店なのかと思っていたけれど、実際の客層は幅広い。二人連れが多いが、いちばん賑やかなテーブルは六人連れで、一人客もちらほらといる。マカロンを口に入れるや否や幸せそうに相好《そうごう》を崩した女性や、左手で携帯電話をいじりながら右手でスプーンを操り猛然とモンブランを崩していくスーツ姿の女性がいる一方、甘いものはそっちのけという態《てい》でコンパクトを開いて髪をいじる制服姿の女子なんていうのもいた。

そして、客はほとんどが女性だ。男性はぼくを含めて二人しかいない。そのもう一人の男性はスーツを着込んで眼鏡をかけ、薄いノートパソコンを広げていた。この甘い香り漂う店内で、仕事でもしているのだとしたらなかなか度胸がある。もしかしたら、食べたものの情報をその場でパソコンにまとめている、筋金入りの甘いもの好きかもしれないけれど。

落ち着いて店内を見渡すと、しつらえはモノトーンを基調にしていて飾り気がなく、どことなくメルヘンチックな外装に対して、内装はシックな感じがした。ショーケースの向こうはガラス壁になっていて、キッチンの一部を見ることができる。コックコートにコック帽という恰好の男性が、なにやら生地を伸ばしているところが見えた。もしかしたらあの男性は、客に見せるため一日中特に意味なく生地を伸ばし続けているのかもしれない。

入口の反対側の壁に、白いドアが二つある。一方はトイレで、もう一方は「STAFF ONLY」とあるので従業員スペースに通じているのだろう。

小佐内さんは、ずっとショーケースの前に佇《たたず》んでいる。ちょっとおかしな気がする、小佐内さんは事前に注文するものを決めていたはずだ。それなのに、いったいなにを悩んでいるのだろう。なにかあったのかと腰を浮かしかけたけれど、ちょうどそのタイミングで小佐内さんが店員さんに話しかけた。ようやく決まったらしい。

やって来た小佐内さんは妙に深刻な顔をしていた。どこかぼんやりとして俯《うつむ》き加減で、人生の岐路に思い悩むあまり、もうどうしていいのかわからなくなったとでもいうようだ。

「どうかしたの」

思わずそう声を掛けると、力ない微笑《ほほえ》みが返ってきた。

「ちょっと」

椅子に腰かけると、小佐内さんはゆっくりと首をめぐらせ、さっきぼくがしたように店内を見まわし、ふと眉を曇《くも》らせた。なにかを見つけたらしいけれど、小佐内さんを不安がらせるようなものをぼくは見つけていない。見落としがあったかと思うと不安になって、もう一度視線を走らせる。

目の高さや向きなどから考えると、小佐内さんの表情を変えさせたなにかは内装などではなく、ほかのお客さんだっただろう。たとえばいちばん近くのテーブルでは、初老の女性が三人でテーブルを囲んで談笑している。あのグループもマカロンと紅茶のセットを頼んだようで、各人の前にはティーポットとティーカップとティースプーン、砂糖が入っているのだろう小さな壺、ミルクピッチャー、そして色とりどりのマカロンを乗せた小皿が置かれていた。なにもおかしなところはないようだけど……いや、本当にそうかな？

「やっぱり、ない」

小佐内さんの呟きが、ヒントになった。そうだ、あの三人組のテーブルには、あるべきものがないのだ。ヒントをもらうまでわからなかったことに一抹の悔しさを覚えつつ、ぼくは言った。

「うん。手を拭くものがないね」

小佐内さんは無言で小さく頷いた。

おしぼりも、ウェットティッシュも、ナプキンも見当たらない。

「お店の人が忘れたのかな」

ぼくの言葉に、小佐内さんは首を小さく横に振った。

「そういうお店も、多いの。高級だったり、高級そうに見せたいお店ほど、おしぼりは出さない。おしぼりが出るのは日本的すぎるから、本場っぽい雰囲気を作るためなんだって」

ううん。

「本場っぽい雰囲気かあ……」

そういう理由があるならやむを得ないのかなあと思うぼくをよそに、小佐内さんはきっぱりと言い放つ。

「わたしは、そこは和風が好き」

飲み物やケーキだけならともかく、マカロンは手でつまむものだから気になるのもわかる。

小佐内さんはすっくと席を立った。

「手を洗ってくるね」

「うん。ぼくも洗うから、順番に行こう。荷物見てるね」

「お願い」

ところが手洗いには先客がいるらしく、小佐内さんはドアに正対して直立不動になった。背すじが伸びていて美しい立ち姿というべきかもしれないが、なにしろ小佐内さんなので小さな子が慣れない店でしゃちほこ張っているように見えてしまうのがちょっと気の毒だ。

研修中の名札をつけた店員さんがやって来て、トレイを片手に頭を下げる。

「お待たせいたしました。ティー&マカロンセットです」

小佐内さんの席には荷物が残っているので二人客だということはわかったはずだけど、店員さんは迷わずぼくの前にティーセットを並べ、マカロンを乗せた小皿を少し回転させてからテーブルに置く。

マカロンという名前はもちろん知っているし写真で見たこともあるけれど、間近で見るのは初めてだった。小佐内さんに知られたらどんな言葉が返ってくるかと思うと恐ろしいけれど、ぼくが見た写真ではたいてい大写しになっていてサイズ感がわからなかったせいもあって、マカロンと言えばカラフルなハンバーガーみたいなものという印象を持っていた。平たい半球状の焼き菓子ふたつで餡《あん》を挟んでいる形そのものはたしかにハンバーガーに似ていなくもないけれど、こうして実物を前にすると、大きさがぜんぜん違っている。三つは無理だけど、二つぐらいなら手のひらにも乗りそうだ。

赤みの強いオレンジ色のものが、パーシモンだろう。鮮やかな黄色がバナーヌ、焦げ茶色のものがカカオのようだ。三つのマカロンは、ぼくからみて逆三角形に並べられている。手前がパーシモン、奥にバナーヌとカカオが並ぶ形だ。パーシモンのマカロンは、餡に柿を使っているのではなく、外側の焼き菓子に練り込んでいるのだろうか。あるいは餡と焼き菓子、両方に柿が入っているのかもしれない。

さわってみたいけれど、やはり手を洗う前はためらわれる。まずは紅茶をカップに注ぐ。高いところから注いでみようかなと腕を持ち上げたところで、ふたたび店員さんが近づいてきた。

「お待たせいたしました」

今度は小佐内さんのセットを並べていく。小皿を少しまわしてから、ゆっくりとテーブルに置いていく。甘いものが目の前にことりと置かれるその瞬間は、甘いものの愛好家にとって胸躍るものだろうに、残念なことに小佐内さんは席を外している。ちらりとお手洗いの方を見ると、いつのまにかドアの前は無人になっていた。店員さんが引き返していき、ショーケースの向こうにまわるのが見えた。

カップを紅茶で満たした。砂糖を入れたいけれど、マカロンの甘さがどれぐらいなのか想像できないので、一口食べてから判断しよう。ぼくは甘いものがそれほど好きというわけではないけれど、やはり少し高揚を覚える。あの小佐内さんがあれほど楽しみにしているパティスリー・コギのマカロンとは、さて、いかなる味なのだろう?

そのとき、突然音楽が鳴り響いた。

金管楽器の甲高《かんだか》い音だ。このメロディーは……「おお牧場はみどり」だ。何事かと思って後ろを振り返ると、窓ガラスの外、道路を挟んだ向かいのビルの壁面で、大時計を飾る人形たちが動き出している。時計の針は五時を指していた。ノームのように白髭を生やした人形たちが、機械仕掛けの緩慢《かんまん》な動きで薪《まき》に斧《おの》を振り下ろしている。道路と窓を隔《へだ》ててなお、その音量はちょっと驚くほど大きい。けれど少し落ち着いてまわりを見れば、ほかにその音に驚いている客はいないので、どうやらこのあたりではおなじみの時報らしい。

異状が起きたのではないとわかって、一抹の恥ずかしさが入り交じった安心感と共に正面へと向き直る。お手洗いのドアが開いて、小佐内さんが出てくるのが見えた。ぼくが時計の音に驚いたところは、たぶんタイミング的に見られていないはずだ。

小佐内さんは、内側から湧き上がる期待と喜びを抑えきれないといったふうで、笑みを無理にこらえるせいか口許《くちもと》がひくついている。戻って来たら入れ替わりに手を洗いに行こうと思って、少し待つ。

ところが、テーブルまであと一歩というところで、小佐内さんは足を止めた。じっとテーブルの上を見て、それからぼくを見て、またテーブルの上を見る。

「これ、小鳩くん?」

なんのことかわからず、小佐内さんの視線の先を追う。テーブルには、ぼくと同じティー&マカロンセットの品々が並んでいる。ティーポット、ティーカップ、ティースプーン、砂糖壺、ミルクピッチャー、マカロンを乗せた小皿……。

「あれ?」

マカロンが、ぼくのものとは違っている。緑のマカロン、茶色のマカロン、黄色に白のマーブル模様のマカロン、桃色と白のツートンカラーのマカロン、もちろんフレーバーは違うけれど、そうじゃなくて。

「四つあるね」

「四つあるの」

「頼んだのは？」

「三つ」

「ここには？」

「四つあるの」

……おやまあ。

3

ポケットの中にビスケットを入れて、叩くと増える歌がある。特になにかを叩いた覚えはないけれど、小佐内さんの皿の上ではマカロンが増えた。

小佐内さんは、見たところ、喜んではいなかった。そうだろうな、と思う。いくら待望のマカロンでも、どこから出てきたのかわからないものを口に入れる気にはならない。ひょっとしたら床に落ちていたものかもしれないのだ。

「店員さん、なにか言ってた？」

「言ってなかったよ」

「念のためもう一回訊くけど、小鳩くんの仕業じゃないのよね？」

お疑いはごもっとも。ぼくがいちばん近くにいたんだし。

「うん。だいたい、マカロンの個別売りはしてないんだし、一個だけ買いようがない」

小佐内さんは俯き気味に、

「うん……」

と呟いた。

ぼくはかつて、謎を解くことを好んでいた。好みすぎて人間関係に若干の支障をきたし、自分自身でも心に期するところがあったので、これからのぼくはあれこれと賢《さか》しらなことを言わないようにしたいと願っている。その願いをよそにしても、小佐内さんのマカロンが増えたことについて、ぼくは思考を巡らせようとはしなかった。……ただ単に店員さんが間違えたのだとしか思えなかったからだ。

「お店のひと、呼ぼうか」

返事を待たず手を上げかける。そこに小佐内さんが、小さくも鋭い声で、

「待って」

と言った。

「……待って。わたし、店員さんの間違いだとは思えない」

たしかに、十個のマカロンが十一個になっていたというのだったら単純ミスということもありそうだけど、三個のマカロンが四個になって気づかない店員さんというのは、ちょっと考えにくい。だけど、世の中にはいろんな思いがけないことがあるものだし、最初に店員さんに確認を取るのは当然だと思える。

「どうして呼んだらだめなの？」

率直にそう問うと、小佐内さんはちょっと困った顔をした。なぜこんな簡単なことがわからないのかという苛立《いらだ》ちと、自分でもどう説明したらいいのか言葉が見つからないもどかしさを、その曖昧《あいまい》な表情からぼくは察した。

「えっとね。店員さんが間違えた可能性も、もちろんあると思うの。でも、かなり低い可能性だとも思う」

頷いて同意を示す。

「それで、店員さんの間違いじゃなかったら、これは誰かが乗せたっていうことでしょう？　そのひとはなにか狙いがあって、こんなことをした」

「まあ、そうだろうね」

「だったら……迂闊《うかつ》に店員さんを呼ぶと、その誰かの思惑に乗ってしまうんじゃないかって思ったの」

苦笑いをかみ殺した。なんとも小佐内さんらしい、というべきだろうか。

ぼくが推理したがる傾向を矯正《きょうせい》したいと願っているように、小佐内さんも自らの性向を抑え込みたいと思っている。ぼくたちはお互いに見張り合い、助け合って、心穏やかで無害で易《やす》きに流れる、誰にも迷惑をかけない小市民になろうと誓い合ったのだ。その誓いを踏まえてもなお小佐内さんは、事情もわからず他人に踊らされることにはどうしても我慢がならないらしい。

その誇り高さは、ぼくたちが約束し合った矯《た》めるべき性向とは直接関係しない。だからぼくは、そんな意地を張るべきではないとは言わなかった。せっかく放課後に駆けつけたパティスリーで、心待ちにしていたマカロンを前に水を差された心境は察するに余りある。誰かの変な企みに乗りたくないと小佐内さんが思ったとしても、責めたり止めたりする気にはなれなかったのだ。

「そっか。わかったよ。店員さんを呼ぶのは最後の手段にしよう」

こくり、と頷きが返ってくる。

あらためて、四つのマカロンを見る。緑と茶色とマーブル模様とツートンカラーの四つだ。ぼくと小佐内さんは正対していて、ぼくの側から見て小皿の一番手前にあるのがツートンカラー、その奥にマーブルと茶色が二つ並んで、小佐内さんにいちばん近いのが緑のものという並びになる。いわば四つのマカロンは、縦に長い菱形《ひしがた》を形作っていた。

「それで、増えたのはどれなの?」

ぼくは何気なくそう訊いた。このお店では、客が注文したいフレーバーを三種類指定する。小佐内さんはその三種類を事前に決めていた、というよりそれらを賞味するために名古屋まで来たのだから、どれが自分の注文した品でどれがそうでないのかは、すぐわかるはずだと思ったのだ。

ところが小佐内さんは、自分の目の前のマカロンを見つめたまましばらく何も言わなかった。おもむろに手を上げて、緑のものを指す。

「これはピスタチオ。九月からの秋の限定商品だから、たぶん十一月まで売ってるはず」

そして、次に茶色のものに指を移す。

「これはご存じ、マロン。長野の栗を使っていて、まだ旬にはちょっと早いと思うけど、これもやっぱり秋の季節限定」

マーブル模様については、

「ココナッツパパイア。夏の限定商品だけど、九月中は出すんだって。マロンが走りなら、こっちは名残《なごり》」

最後にツートンカラーを指さして、

「これが、コギ」

と言った。

「小麦？」

「ううん、コギ。パティスリー・コギの特別フレーバーで、代名詞的存在なの」

フレーバーについてはよくわかった。だけどぼくが知りたいのは、どれが小佐内さんの注文していない、増えたマカロンなのかということなのだ。改めて訊こうかと口を開きかけたところで、小佐内さんの眉根に漂う苦悩の雰囲気に気づく。まさか……。

「どれを注文したのか、忘れちゃったの?」

少し、間が空いた。

「……うん」

「そんな、どうして」

小佐内さんは、そうしていれば真実が見えてくると言わんばかりにマカロンに熱い視線を注ぎつつ、答える。

「今日は、ピスタチオとマロンとココナッツパパイアとパーシモンを試すつもりだった。でも本当はコギを食べたかった。若き日の古城春臣の成功を支え、それから常にパティスリー・コギの名前と共に語られるマカロンだもの、興味があるわ。でも手配が難しい食材を使っているから、このアネックス・ルリコでは、まだ準備中のはずだった。今日は季節のフレーバーを味わって、いつかコギの販売が始まったとき、また来ればいいと思っていたの」

それで、さっきショーケースの前で小佐内さんが時間を使っていた理由がわかった。売られていなかったはずの本命を目《ま》の当たりにして、計画が狂ってしまったのだ。

「わたし、悩んだ。自分で頼むつもりだった三種類の中で、どれか一つ外すとしたらココナッツパパイアだった。でも、これは夏の限定だから、次に来た時はもうないかもしれない。それを言ったらピスタチオもマロンも季節限定で、コギは食材の手配にさえ目処《めど》が立てば、レギュラー商品になることがわかってる。いつかは問題なく買えるだろうけどいま食べたいコギと、コギに比べたら我慢はできると思うけどいま食べないと販売が終わってしまうかもしれない残り三種類、どれをどうしたらいいのかわかんなくなって」

小佐内さんは両手で自分の頭を挟み込んだ。

「注文したのは、間違いなくわたしよ。楽しみだったの！　でも、いまはもう、自分でもどれを諦《あきら》めたのかわからない……」

「……小佐内さん」

そこまで悲愴にならなくても……。

とにかくこれで、店員さんに確認することはできず、小佐内さんも思い出せないという状況が明らかになった。

小佐内さんは、マカロンを増やした何者かの意図には乗りたくないと考えている。となれば最終的には、誰がなぜマカロンを置いたのかを明らかにしなくてはならない。とはいえ、四種の中でどれが増えたマカロンなのかを突き止めるのは、最初の一歩として妥当だろう。

どうすれば、望まれざる第四のマカロンを特定することができるのか？

ぼくが思うに、これは観察力が鍵になる。

「マカロンを三つ乗せたわたしのお皿に、第四のそれが置かれたのか」

声を落ち着かせて、小佐内さんはそう切り出した。

「それとも、マカロンを四つ乗せたお皿がわたしのお皿とすり替えられたのか、現場にいなかったわたしには想像がつかないの。小鳩くん、それはどっちだったと思う？」

おや、と思った。

小佐内さんとぼくとは約束を結んでいる。お互いの悪い癖が出ないよう見張りあい、癖を出さなくてもいいように助け合い、お互いを言い訳に使って厄介事から遠ざかる互恵関係の約束を。それに照らして、小佐内さんがぼくにこういう質問をすることは問題ないんだろうか。

……まあ、たぶん、いいよね。ほかに誰かいるわけじゃないし、それにこれぐらい、推理のうちにも入らない。ぼくは少し考えた。

「後者はないと思うな。後者の場合、第四のマカロン以外の三つが小佐内さんの注文とかぶったのは偶然ということになるけど、それはあまりに確率が低い。偶然でないとすれば小佐内さんの注文を把握していた人間が仕組んだと考えるしかないけど、そんなひとは注文を受けた当の店員さんしかいない。店員さんがおまけでマカロンをサービスしてくれる理由がないし、仮にそうだとしてもなにか一言あったはずだ」

小佐内さんもここまでは考えていたらしい。

「だよね。じゃあやっぱり、誰かがわたしのお皿にマカロンを置いていったんだ。そういうチャンスはあったの？」

「ぼくは小佐内さんのマカロンを注視していたわけじゃないからね。荷物を置き引きされないかは気にしていたけど……」

ただ、小佐内さんの席はぼくの真正面にあり、ふつうにしていれば嫌でも目に入ってくる。いまここで誰かが小佐内さんの小皿に第五のマカロンを置いていったとして、それを見落とすことはあり得ない。なにかの理由でぼくの気が逸れなければ、誰であれこんないたずらは出来なかったはずなのだ。

そう考えると、思い当たることは一つしかなかった。

「小佐内さんが手を洗いに立ってから、まずはぼくの注文がセッティングされたんだ。少し後で、小佐内さんの分も来た。この時点でマカロンが幾つだったのかは憶えていない。それから、いきなり時報が鳴った」

「時報？」

「あれだよ」

ぼくの背中側、道路を挟んだ向かいのビルに取りつけられた大時計を指さす。

「五時になった途端、あれが結構な音量で『おお牧場はみどり』を鳴らし始めたんだ。びっくりして振り向いたら、小人の人形がけっこう細かい動きで薪を割ったりしていたから、しばらく見てた」

　少し置いて、付け加える。

「やられたとしたら、そのタイミングしかない」

　小佐内さんは身じろぎもしないでいたけれど、突然、かくんと首を傾げた。

「なんだか、ざらりとした感じがする」

「ざらり、って？」

「わたしが手を洗いに行ったのは偶然、小鳩くんが時報に振り向いたのも偶然。ということは、犯人はたまたま条件が揃ったことに気づいて、衝動的にわたしのお皿にマカロンを置いたっていうことになる。……たぶん、わたしじゃなくてもよかったはず」

　あれだけの音量で時報が鳴ったのだから、ぼくが後ろを振り返ることはかなりの蓋然性《がいぜんせい》をもって推測できたはずだ。だけど、マカロンがテーブルに届いたのが五時直前だったことは純粋に偶然なので、犯行が衝動的だという小佐内さんの指摘はゆるがない。

「だけど、第四のマカロンは事前に調達してある。計画性が感じられるの。そこが、ざらりとする」

　たしかに言われてみれば、微妙な齟齬《そご》というか温度差というか、ちぐはぐな感じがする。まだ見ぬマカロン置き魔の心境を読み解こうというように小佐内さんはしばらく沈思《ちんし》黙考してい

たけれど、短く息を吐くと、

「でも、それはいったん棚上げ」

と言った。

「まずはどれが第四のマカロンなのかを見極めないと……」

「そうだね、妥当な出発点だ」

「どのマカロンも食べられない」

ああ、そういう問題もあったね。

小佐内さんはまた、じっと小皿を見つめる。

「小鳩くんの隙をついてマカロンを置いたなら、小鳩くんからいちばん遠いこれ……かな？」

ピスタチオのマカロンを指さすけれど、根拠が薄弱なことは重々承知しているようで、言葉にはいかにも自信がなさそうだ。ぼくも敢《あ》えて取り合わない。

「これは思考だけじゃどうにもならないと思うよ。観察がいる」

「観察？」

実を言えば、第四のマカロンを特定する大きな手がかりに、ぼくは既に気づいている。すぐに説明してもよかったのだけど、小佐内さんにもその手がかりを見せたくてタイミングを見計らっていたのだ。

店員さんが一人、ティー＆マカロンセットらしき一式をトレイに乗せて、お客さんに近づいていく。ぼくはそっと人差し指を伸ばして、小佐内さんの注意を店員さんに向けた。

「お待たせいたしました」

客は若い女性二人組で、会社勤めらしく両方とも似通ったスカートスーツを着ていた。注文の品が並べられていくのを期待に満ちた眼差《まなざ》しで見つめている。店員さんはティーポットを置き、ティーカップを置き、ミルクピッチャーと砂糖壺を置き、小皿を少しまわしてから、そっとテーブルに置いた。二人が破顔するのを見届けて、小佐内さんがこちらに向き直る。

「……毎回、ああいうふうなの？」

さすがに小佐内さんだ、ぼくが言いたいことをすぐに察したらしい。

「うん。いつもああやってる」

ぼくたちは、皿をまわす動作について話している。店員さんはいつも、テーブルに置く前に皿をまわしていた。

皿をまわすのはまわす必要があるからで、それは即《すなわ》ち皿には決まった向きがあるということを意味する。マカロンを見栄《みば》えよく並べ、お客さんにいちばん綺麗に見えるように、この向きで置くようにという決まりがあるのだろう。

いま、店員さんが置いたマカロンの向きはこちらからは見えないし、見るまでもなかった。向きが決まっているなら当然、ぼくの小皿は正しい位置に置かれているはずだ。なにしろぼくは手を洗う順番を待っていて、マカロンとその皿には指一本触れていないのだから。

そうしたことを説明するまでもなく、小佐内さんはすでにぼくのマカロンを凝視《ぎょうし》している。ぼくの目の前の小皿には手前にパーシモン、奥にバナーヌとカカオが並び、ぼくから見て逆三角形を形成している。客から見て逆三角形になるように小皿を置くのがこの店の決まりなら、第四のマカロンは、考えるまでもなく決まるのだ。

「……これだったのね」

小佐内さんは、ピンクと白のツートンカラーから成るマカロン、古城春臣の代名詞たるコギに右手を伸ばしていく。

「やっぱり、コギを諦めたのね、わたしは。いつか問題なく食べられるようになるんだもの、当然の選択だわ……」

ぼくは、溜め息をつきたかった。

たしかに小市民になるとは誓ったし、その誓いを破るつもりはない。だけど小佐内さんが困った事態に陥ったときに、思考と推論だけで彼女を助けられず、観察が決め手になってしまったのはやはりいささか残念だ。観察によって真実を見通すことが常に安易だとまでは言わないけれど、この分だと、どうやら今回は想像の埒外《らちがい》のことまでは起きそうにもないね！

小佐内さんがコギをつまみあげる。

突然、その表情に再び怜悧《れいり》さが戻った。指の動きが止まり、それからゆっくりと、コギを上下に振り始める。

「……どうしたの？」

神聖なるマカロンの皿を汚《けが》した異物たるコギに、なんらかの儀式めいた罰を下そうとでもいうのだろうか。訝《いぶか》るぼくの前で小佐内さんはなおも数度コギを振り、それから次に左手でピスタチオのマカロンをつまみあげ、同じように振ると、どこか茫然としたように呟いた。

「重い。重心がおかしい」

「マカロンの重心が？」

ピスタチオを置くと、小佐内さんは改めてコギを手に乗せた。ためらうような一瞬の後に、表情を痛ましそうに歪めつつ、マカロンを形作る二枚の焼き菓子の、上の一枚を剝《は》がしていく。

「なにを……」

思わず、言葉を途中で呑み込んだ。

第四のマカロンの中身は、チョコレートだけではなかった。そこには、指輪が一つ、照明を受けて金色に輝いていた。

4

パティスリー・コギ・アネックス・ルリコには、客足が途絶えない。和やかな笑い声、陶器がふれ合う低い音、フォークが皿に当たる高い音が耳に届く。忘れていた甘い香りも、しばし甦《よみがえ》ったように感じる。

マカロンの中には指輪が入っていた。……想像の埒外のことだ。

ちょっとなにが起きているのか把握するのに時間がかかってしまい、我に返ったのは小佐内さんの方が早かった。

「……何度も念を押してごめんね。これ、小鳩くんからの小粋な誕生日プレゼントってことは、ないよね？」

「ないってば。電車の中で聞くまでマカロンを食べに行くってことも知らなかったんだし、だいたい、今日が小佐内さんの誕生日だってことも知らなかったよ」

小佐内さんはふるふるとかぶりを振った。

「違う。今日は誕生日じゃない」

いや、誕生日って言い出したのはぼくじゃないよ。小佐内さんはなおも疑わしげな眼差しを向けてくる。

「でも、小鳩くんは油断ならないひとだから、どこかに推理の手がかりがあったのかもしれない」

「高く買ってくれるのは嬉しいけど、それほどじゃないよ」

「褒《ほ》めてはいないの……」

そっかあ。

それはさておき、ぼくはマカロンの中に入っている指輪を改めてよく見た。金色の指輪で、チョコレートの中にしっかり埋まっている。上から見る限りは宝石の類《たぐい》は確認できなかった。安物のおもちゃなのか、それとも本当に金の指輪なのか、ぼくには鑑定ができない。ただ、高価なものかもしれない以上、話は少し剣呑《けんのん》になってきた。

「迂闊に動かなくてよかったね」

頷きが返ってくる。極言すれば、マカロンだけなら増えても減ってもそれほど重大な問題ではなかった……小佐内さんの個人的な感情を別にすれば。しかし金の指輪となると、場合によっては刑事事件にも発展しかねない。誰かの思惑に乗せられたくないという小佐内さんの意地は、いい方向に転がった。

「これ、どうする?」

小佐内さんは人差し指を立てた。

「店員さんに届ける」

続いて、中指を伸ばす。

「警察に届ける」

薬指も立てて、

「なにもせずに放っておく」

最後に小指を伸ばした。

「ぽっけないない」

「それはだめだよ！　小市民的にだめ！」

「選択肢の話よ、あくまでも」

しらっと言って、そっぽを向く。その小佐内さんの横顔に、どこからか反射した光が当たっている。目には入っていないので、小佐内さんは気づいていないようだけど。

「……どうするかを決めるには、どうしてわたしのお皿に指輪マカロンが置かれたのか、ある程度解き明かす必要があると思う」

「そうだね。まずは、マカロンの出所《でどころ》かな」

「うん」

さっきまで、第四のマカロンがどこで作られたものなのかは、問題にしていなかった。マカロンを売るパティスリーでマカロンが増えたのだから、理由はともあれ、お店の商品が置かれたのだろうと考えていたからだ。ところが事情が変わった。

「これ、このお店で作られたマカロンかな。それとも、誰かが自分の家でつくって持ち込んだものかな」

そう訊くと、小佐内さんはさっき剝がした焼き菓子を目の高さに掲げ、鷹《たか》のような眼差しをそれに向ける。

「……ピエが綺麗に出てるし、その出方も特徴を押さえてる。大きさも揃ってるから、素人《しろうと》はもちろん論外だし、外部のパティシエが作ったものでもないと思う」

「ピエ？」

「マカロンの下側にある、泡だったメレンゲが焼き固められた部分のこと。素人が作るとなかなかできないし、お店によってピエの出し方には特徴があるの。この上向きのピエは、パティスリー・コギのほかのマカロンの特徴と一致してる」

そう言って、実際にその場所をなぞってみせる。

些細《ささい》なことだけど、いちおう確認する。

「小佐内さんがいま持ってるのって、マカロンの皮というか、焼き菓子の部分だよね？」

すると小佐内さんは、さっき快速電車の中で見せたようなひどく真面目《まじめ》な顔になって焼き菓子をぼくに見せ、

「これこそがマカロンです」

と言った。

「マカロン二枚でガナッシュなどのフィリングを挟んだ、今日《こんにち》わたしたちが目にしている所謂《いわゆる》マカロンは、正確には『マカロンを使ったお菓子』ということになります。通称はマカロン・パリジャン、この形を発明したのはかの有名な……」

「ガナシのフィーリング？」

「ガナッシュなどのフィリング。小鳩くん用に言い直すと、チョコレートなどの餡、です」

説明ありがとうございます。

いまの話をまとめると、

「この指輪入りマカロンを作ったのは、このお店の関係者と見て間違いないっていうことだね」

「うん。そもそも、コギはこのお店の名物だし」

となると、ひとつ見落とせない可能性が出てくる。

「事故だったとは考えられないかな。指輪を着けたままマカロンを作って、うっかりチョコレート……ガナッシュ……フィリング？　に落としちゃったってことは」

「ややこしいから、ガナッシュに統一しようね」

そう前置きし、小佐内さんは少し考えた。

「指輪をつけたまま作業するパティシエも、いないことはない。わたしが知る限り、日本人パティシエでお菓子作ってる最中に指輪してるひとは見たことないけど、フランス人とかだと、そういうひともいた気がする。……ただ、ガナッシュは絞り袋から絞り出すものだと思う。万が一指輪が外れてガナッシュの中に落ちたとしても、袋の口金に引っかかっちゃうはず」

「事故の可能性は低いってこと？」

頷きが返ってきた。

だったら、やはりこの指輪は故意にマカロンに埋め込まれたことになる。いったい、そんなことをする理由がなにかあるだろうか。

少なくともぼくには、ひとつしか思いつかなかった。

「じゃあ、なにか指輪を隠す理由があって、近くには作りかけのマカロンしかなかった……とか」

泥棒が警察に追われて、捕まる直前に指輪をマカロンに隠しておいて、指輪なんか持っていませんよと堂々と身体検査を受ける、ぼくはそんな話を想像していた。ところが小佐内さんはまるで別のことを考えているらしく、返事もせずに、ピスタチオのマカロンに再度手を伸ばす。

「ごめんね、わたしのマカロン……」

そんなことを呟きながら、マカロンを剝がそうとする。

だけど意外にも、それは剝がれなかった。やがて焼き菓子の表面にヒビが入り、上部の薄皮一枚だけが剝がれたけれど、スポンジ状の部分はガナッシュに貼りついたままだ。

無惨な姿になったマカロンにかなしげな視線を注ぎつつ、小佐内さんが呟く。

「やっぱり。ふつう、マカロンは剝がれないの」

「接着してるの?」

「ううん。二枚のマカロンでガナッシュを挟み込んだ後、冷蔵庫で丸一日寝かせるんだけど、そのあいだにガナッシュとマカロンが馴染《なじ》んでくっつくんだと思う。食べる前に常温に戻しても両者が離れることはなくって、傾けても転がしても、マカロンが剝がれちゃったことは一度もないの」

転がしたことがあるんだ。いかにも転がりそうな形をしてるから、そうしたくなる気持ちはわかるけど。

「下のマカロンにガナッシュを絞って、そのまま寝かせてから上のマカロンを乗せれば、剝がれやすくなるはず。つまりこのマカロンは、わざわざこういうふうに作ってる」

なぜ?

決まっている!

指輪を見つけやすく、また取り出しやすくするためだ。ふつうの製法で作ったマカロンに指輪を入れたら、ばらばらに分解しない限り取り出せなくなってしまう。……ということは。

ぼくが想像した言葉を、小佐内さんが先取りした。

「つまりこのマカロンは、リングケースとして特別に作られたんだと思う」

事故ではなく、隠匿《いんとく》に用いられたのでもなく、指輪を入れるためにマカロンを作った。理屈ではそうなる。

でも、そんなことがあるのだろうか? 金属を食べ物に入れるなんて、異常な感じがするけど。釈然としないぼくの表情を読み取ったのか、小佐内さんは説明を加えてくれた。

「珍しいことじゃない。フランスではガレット・デ・ロアに陶器の人形とかを入れるし、イギリスではクリスマスプディングに指輪や指貫《ゆびぬき》を入れるし、アメリカではフォーチュンクッキーにおみくじが入ってる」

「ここはフランスじゃないよ」

「でも、フランス菓子店」

まあたしかに、洋菓子の店に西洋の習慣が持ち込まれているからといって異を唱えるのも、おかしな話か。

小佐内さんの説が正しいなら、誰かが誰かに指輪を贈ろうと考え、そのための入れ物としてマカロンを選んだということになるだろう。風変わりだけど、一面たしかにロマンティックでもある。指輪は高価なものだろうし、厄介事にならないうちに返してあげたいけど、その送り手って誰なんだろう。

「きっと、特注だったのね。誰かお客さんが指輪入りマカロンを注文して、その特注品が間違ってわたしのお皿にまぎれこんで……」

途中まで言って、小佐内さんは言葉を呑み込んだ。店員さんの単純ミスとは考えにくい、という点を思い出したのだろう。そう、この指輪マカロンはまぎれこんだのではなく、何者かが意志をもって置いたのだ。

それにもう一つ、小佐内さんが考えていない可能性がある。

「お客さんの注文とは限らないよ。……お店のひとの、プライベートなものかもしれない」

マカロンはこの店の商品だけれど、全てのマカロンが商品である必要はない。この店のパティシエの誰かが私的に作り、私物の指輪を入れたのかもしれない。

ひとつ頷いて、小佐内さんが訊く。

「それは考えなかった。小鳩くんは、どっちだと思う？　特注品か、私物か」

ぼくは腕を組んだ。直感的にはこっち、というのはあるけれど、それを証明できるかどうか。

紅茶に手を伸ばし、ひとくち飲む。少し冷めかけていた。

「……特注品だとすると、三つほど問題があると思うな」

「三つも？」

「うん」

ティーカップを置く。なにかがきらりと光り、ぼくの目に当たった。なんだろうと思う間もなく光は消えたので、気にせずに言う。

「一つめ、指輪を預かる必要がある。高いものを預かるのはお店が嫌がるんじゃないかな、金庫があるわけでもないんだし」

小佐内さんははっとした顔になった。

「うん、言われてみれば。お店はぜったい、そんなの預かりたがらないはず」

「二つめ、誤嚥《ごえん》の可能性があるものを、いくら頼まれたとはいえ、作って売るかな？　小佐内さんがさっき言ってたガレット・デ……なんだっけ、あれのチラシはぼくも見たことがある。

でも、陶器の人形は別添えだって書いてあった気がするよ」

「そうね。日本だと、そういうお店が多い」

「もともと日本にはない風習なんだから、人形が入っています！　飲み込まないで！　といくら強調して書いたとしても、実際間違って飲み込んで怪我《けが》したり病気になったりしたひとがいたら、お店が責任問われるだろうからね。別添えにするのも無理ないなと思う。この指輪マカロンについても、同じことが言えるんじゃないか」

「わたしはそういうとき、お店の責任とは思わないけど……」

そう呟いてから、小佐内さんは小さく頷く。

「言いたいことは、わかるの」

「で、三つめ。これは単純だね。このお店は、マカロンのテイクアウトは準備中だ。ほかのお客さんの手前、特注品だけは受けるっていうのはちょっと不公平かもね」

これには積極的には賛成しないらしく、小佐内さんはなにも言わなかった。

三つの問題点を挙げたけれど、実は話しているうちに、これらの問題は解決できるのではないかという気もしてきた。

「でも、どうかな。お店は剝がれやすいマカロンを作っただけで、指輪はお客さんが自分で仕込んだとしたら、一つめと二つめの問題点はクリアになるかもしれない」

検討は振り出しに戻るかなと思っていたけれど、小佐内さんはあっさりと、

「あ、それはないと思う」

と言った。

「指輪はガナッシュに深く沈み込んでいたし、ガナッシュにもマカロンにもひび割れはなかった。指輪は、まだガナッシュが柔らかい、作りたてのときに入れられたはず」

それは気づかなかった。やっぱり二人だと観察が行き届く。

「それならやっぱり、指輪マカロンはお客さんの特注品じゃなくて、パティシエの私物だと言えそうだね。実は、特注品だったらどうやってキッチンから持ってきたんだろうと悩んでいたんだよ」

なにしろこのパティスリー・コギ・アネックス・ルリコでは、喫茶スペースからキッチン内部が見渡せるようになっている。死角もないわけじゃないけれど、衆人環視の中で特注品を盗み出して小佐内さんの皿に置くのは至難の業《わざ》だと思っていた。

「私物なら、話はずっと簡単になる」

「うん」

小佐内さんもすぐに理解したようだけど、自分の整理のために続ける。

「私物の指輪マカロンを、キッチンの業務用冷蔵庫に入れておくとは思えない。従業員控室の冷蔵庫に入れておいたんでしょうね」

このお店のパティシエが指輪入りマカロンを従業員控室の冷蔵庫に保管していたが、何者かがそれを盗み出して、ぼくが大時計の時報に気を取られた隙に小佐内さんの小皿に置いた。まだ訳がわからないことも多いけれど、最初の混沌《こんとん》とした状況に比べたら、だいぶ整理が進んできた。

「なぜ仕事場に指輪を持ってきたんだと思う？」

そう訊くと、打てば響くような答えが返ってくる。

「渡す相手もこの店にいるから。家までの距離にもよるけど、勤務時間が終わってからいったん家に帰り、指輪を持ってまた職場に戻ってきて意中の相手に渡すのは難しかったんだと思う」

「そうだね。ぼくもそう思う」

もちろん、鍵の掛からない従業員用冷蔵庫に指輪を置いておけば、盗まれるおそれがある。というか現に盗まれている。不用心ではあるけれど、持ち主はマカロンの中に指輪があることをまさか、見抜かれるとは思わなかったのだろう。

小佐内さんは、既に手を洗っているのにマカロンに手を出そうとしない。推論を進めながらではなく、純粋に集中できる状態で食べたいのだろうということは、これまでの経験から察しがついた。ティーポットを持ち上げ、ゆっくりとカップに注いでいく。紅茶を一口含み、こくりと飲みくだすと、顔をしかめた。ふだんは砂糖をたっぷり入れるのに、入れ忘れたのだ。溜め息をついて言う。

「これで、誰がこのマカロンを作ったのかも、わかったね」

「えっ」

わかるもなにも、いわゆる「容疑者」に当たるだろうこの店のパティシエについて、人数も名前も、ぼくはぜんぜん把握していない。この状態で正答を求めるのはあまりにも拙速《せっそく》、というか不可能だ。それとも、ああそうか、小佐内さんは詳しいから、パティシエのリストも持っているのかもしれない。いやでも、おかしいな、今日初めて来たはずだし、パティシエのリストがあったっていまの段階で言い切れることはなにひとつないはず……。

混乱するぼくを見て、小佐内さんは怪訝《けげん》そうに首を傾げる。

「どうしたの?」

「いや、あの……。ぼくの知らないひとかな、指輪マカロンを作ったのは」

「……さっき、講義したじゃない」

かちりと硬質な音を立て、ティーカップがソーサーに置かれる。

「指輪が入っていたマカロンはコギ、パティスリー・コギの創始者、古城春臣の代名詞。指輪なんていう意味ありげなものを贈るのに、他人の名前を冠したお菓子なんて選ばない。当然、この指輪の贈り主は古城春臣よ。……考えてもみてよ、小鳩くん。それ以外のひとだったら、自分が勤める会社の社長の名前がついたマカロンで指輪を贈ることになる。そんなの、絶対にありえないでしょう」

5

「ちょっと待って」

と、ぼくはむなしい抵抗を試みる。

「古城春臣は東京にいるんじゃないの？」

「小鳩くん。古城春臣の職場はたしかに東京ですが、実は新幹線というものがあって、用事があれば名古屋に来ることもできるのです」

一蹴《いっしゅう》された。

剝がしたコギを手にとって、小佐内さんはそれをじっと見つめている。

「古城春臣が来ているんだとしたら、名古屋店では材料が調達できていないはずのコギが、今日に限ってお店にあるのも頷けるの。名古屋でコギは作れない、なら東京で作ったものを持ってきたとしか考えられない。少しだけでも新店にコギを置こうとして、古城春臣自身が持ってきたんだと思う。いまこの場所にいないのはなにか別のこと、たとえばコギの材料の仕入れ交渉に向かっているとか、そういう用事のためで、閉店時刻には戻ってきて指輪を意中の相手に送るんでしょう」

「そして名古屋に来た主な目的は、誰かに指輪を贈ること?」

「主な目的は、ひつまぶしを食べることだったかもしれないけど……」

いくつかあったかもしれない目的のひとつは、指輪を贈ることだった、と。

コギの名がついたマカロンで指輪を贈れるパティシエは古城春臣ただ一人という小佐内さんの見解は、ぼくの思考法では決して辿り着けない説だ。そのことに複雑な思いを抱きはするけれど、ぼくは頷かざるを得なかった。事ここに至って、ぼくたちが進めてきた推論はいよいよメインディッシュにさしかかる。

つまり、

「じゃあ、その指輪が小佐内さんの小皿に置かれたのはどうして?」

ということだ。

それも、ここまで足元を固めればある程度は見えてくる。

「ふつうに考えれば」

小佐内さんはそう前置きした。

「古城春臣が指輪を贈ることを防ぐため。もうちょっと言うなら、恋路を邪魔するため」

「恋ね……」

そのキーワードが絡むと、関係者の行動に合理性が欠けるせいで推論を進めにくくなり、不本意な結果に至ることが多い。これはちょっと厄介かもしれない。とはいえ、ここまで来たのに投げ出すのも業腹だし、指輪の始末も付けなくてはならない。短く息をついて、論点を上げる。

「指輪が贈られるのを防ぐためなら、盗むだけでいい。それがどうして小佐内さんの皿に置かれたのか？　客の皿に置いたことで、事態は抜き差しならないことになってる」

　無言の頷きが返ってくる。

「気づいたからよかったようなものの、もし小佐内さんがぱくっと食べていたら異物混入騒動だ。オープンしたての店にとっては致命的な悪評になるし、ニュースになったら東京の店も危ない。犯人は古城春臣の恋路を邪魔することよりも、この店を潰すことが目的だったとは考えられないかな」

　やはり小佐内さんはなにも言わず、砂糖壺から砂糖をすくい、スプーン二杯分をティーカップに入れる。時間を稼ぐようにゆっくりとかき混ぜ、カップに口を付けると、今度はお気に召したようでうっすら微笑んだ。

「たしかに、誰かが指輪マカロンを実際に食べていたら、大騒動になったと思う」

　そう言って、カップを置く。

「だけど、実際にはわたしは食べなかった。わたしじゃなくても食べなかったと思う。三つのマカロンが四つになって、わあいって喜んで口に入れちゃうひとはあんまりいない」

　小佐内さんだったら食べそうだけど……。実際には食べなかったところを見ていてもなお、こんなふうに思ってしまうあたり、ぼくもちょっと小佐内さんには偏見があるのかもしれない。

「犯人さんがもし、古城春臣の指輪を利用して客に異物入りのマカロンを食べさせ、この店を潰しちゃおうって思ったのなら、誰かのお皿の上のコギを入れ替えなきゃいけなかった。そのチャンスがなかったとしても、せめて三つのマカロンのうち一つをすり替えるべきだった。それなのに犯人さんは、指輪マカロンを四つめとして置いていっただけ」

「うん」

「それは、とっても甘いの」

その声は、どこかしら暗いものを感じさせる。

「じゃあ犯人の目的は、やっぱり古城春臣の恋路を邪魔する一点にあったと考えるべきなのかな」

小佐内さんはふるふると首を横に振る。

「本当に邪魔をしたいのなら、指輪マカロンをお客さんの皿に置くなんて遠まわりなことはしなくてもいい。マカロンから指輪を出して、そのまま持って行っちゃう方が効き目が大きいし、いっそのこと踏んづけて放っておけば満点だった。でも、それもしなかった。指輪マカロンをお客さんのお皿に置くという方法は、いろいろ騒動は巻き起こすだろうけど、指輪が古城春臣の手元に戻る可能性が大きいやり方でもある。まるで、事を丸く収めるための逃げ道を残しているみたい」

テーブルの上を、どこかから反射してきた光がさ迷う。

「犯人さんは、古城春臣とこのお店の両方にダメージを与えるやり方を選んだのだから、両方に敵意があったんだと思う。でも、その敵意は相手を徹底的に叩き潰して二度と立ち上がれないようにする敵意じゃなくて、もっとあやふやな、覚悟のない、駄々っ子のような、幼い敵意ね」

その分析は、ぼくがこの推論を通じて思っていたことに近かった。

「犯人には自衛の手段が乏しいんだ。従業員控室に入れる人間が限られている以上、騒動になった後で誰が指輪マカロンを客に出したのかを入念に調べられれば、いずれは誰の仕業か露見してしまう。犯人はそれでもなお指輪を持ち出してしまった、それを客に出してしまったというのは、後先考えない衝動的な犯行か、でなければ、ばれて罰せられても構わないという自爆的な行動だよ。さっきまでは前者かなと思っていたけど、後者だと、駄々っ子のような敵意っていう小佐内さんの見方と一致するね」

そこまで話して、ぼくはちょっと息をついて微笑んだ。

「ところで、古城春臣が指輪を贈ろうとした相手は、やっぱり瑠璃子さんなんだろうね。フルネームはなんだっけ」

「田坂瑠璃子。古城春臣の片腕ね。うん、わたしもそう思う」

なにしろ田坂瑠璃子はこの店の店長だ。指輪をコギに入れて贈る行為が古城春臣にふさわしいように、そのコギを贈られる相手は田坂瑠璃子こそふさわしい。犯人が敵意を抱いているのは、古城春臣と田坂瑠璃子の二人と見て間違いないだろう。

さて。

こうして、なぜ小佐内さんのマカロンが増えたのか、そのマカロンの中になぜ指輪が入っていたのかという問いへの推論を進めたいま、もっともよい指輪の処遇は、それを犯人に突き返してぼくたちは最初からなにも関与しなかったような顔をすることではないかと思う。古城春臣に渡してもいいけれど彼とは面識がないし、ぼくたちが盗んだと疑われても面倒だ。店員さんに渡してもあれこれ痛くない腹を探られそうだし、なにより、古城春臣と田坂瑠璃子の関係を社内に暴露することになりかねない。ひょっとしたらそれも犯人の目的の一部かもと思うと、その手段を取るのもためらわれる。持ち去ったら……それはやっぱり、小市民らしくない。

「犯人は」

ぼくはそう切り出した。

「従業員控室に出入りできる人間で、しかもこの店の従業員ではない。少なくとも、今日は出勤していない」

小佐内さんは頷いた。

「いくら小鳩くんの目を盗んだとはいえ、従業員さんが制服を着たままフロアに出て、わたしのお皿にマカロンを置いていったとは考えにくい。そうね。でも、フロア担当の店員さんだっていう可能性はないの？」

そのあたりは、いちおう記憶にある。

「時報が鳴ったとき、店員さんはショーケースの向こうにいたんだ。ダッシュでもしない限り間に合わないし、そんなことしたらさすがにぼくが気づく。それに、勤務中にずっと指輪マカロンを持っている手段がない。あのエプロンにはポケットがないからね」

納得したようで、反論はなかった。

「犯人は、古城春臣が今日名古屋に来ることを知っていた。しかも彼が指輪を持ってくることを知っていたか、少なくともそれを薄々察していた」

「指輪がマカロンに入っていることは？」

「知っていたかもしれないけれど、どこかにあると思われる指輪を探した結果、マカロンの中に見つけたという可能性が否定できない。でも、そうだね。コギに指輪が入っていることは知らなくても、古城春臣がそういうロマンティックなことを好む人間だということは知っていそうだ」

小さく唸《うな》るような声を出して、小佐内さんはくちびるに指をあてた。

「……だいぶ、近しいひとみたいね」

「そうなるね。田坂瑠璃子以外に、古城春臣に近しい女性の社員はいないのかな？」

「社員？」

小佐内さんはちょっと素《す》っ頓狂《とんきょう》な声を上げた。

「社員、そうね、そうかもしれない」

「心あたりが？」

「ううん、ない。わたしは別の方向で考えていたから、びっくりしただけ。ごめんね、続きを話して」

別の方向というのも気になるけれど、促されるままに話す。

「わかった。ええと、さらに言えば、犯人はまだこのフロアにいるか、このフロアを見渡せる位置にいる。事態の推移を見守りたいだろうし、なにより、いずれ指輪が古城春臣の手に戻ることを想定して事態をデザインしたという小佐内さんの説に従えば、本当に盗まれてしまわないか見張っているだろうから」

「……」

「一人だ。二人以上なら、時報のオルゴールなんていう不確実な手に頼らず、もっと確実にぼくの気を引くことが出来たはず」

ようやくここまで来た。

店内を素早《すばや》く見まわす。一人客は三人しかいない。

黒っぽい服を着て大粒の真珠のネックレスを下げ、満足そうにモンブランにスプーンを振るう、少し太めの中年女性。

コンパクトを開いて前髪の調整に余念がないふうの、中学生か高校生か判断に迷う女子学生。ノートパソコンに向き合い、ほとんど残っていないアイスコーヒーに片手を添えたサラリーマン風の男性。

三人とも、ぼくたちとは比較的テーブルが近い。強《し》いて言えば中年女性が少しだけ遠いし、モンブランもいま来たばかりに見えるけど、それだけで彼女ではないと言い切る自信はない。

「なにか、消去法の条件を考えないとね」

ところが小佐内さんは、まっすぐにぼくを見て、ちょっと作ったような笑みを浮かべた。

「ありがとう、小鳩くん。ここまで積み重ねたんだもの、充分よ。あとは、ちょっとつっつくだけ」

椅子を引いて立ち上がり、指輪の入ったマカロンを片手に、満席で賑わうパティスリーのフロアを歩いていく。

立ち止まったのは、女子学生の前だった。耳を澄ますまでもなく、小佐内さんの言葉は聞き取れる。

「古城さんね。……わたし、いたずらはよくないと思うの」

6

　ぼくたちのテーブルに合流したその女子は、古城コスモスと名乗った。字は秋桜と書くらしく、中学三年生だそうだ。栗色に染めた髪は癖っ毛で、そばかすがあり目はくりくりと大きいけれど、いまは力なく伏せられている。見た目だけならどう贔屓《ひいき》しても小佐内さんの方が年下っぽいのに、こうして並ぶと小佐内さんは高校生、古城さんは中学生にしか見えないのが不思議だった。

「な」

　と言いかけて言葉に詰まり、深い呼吸をしてから、古城さんは一気に言った。

「なんでわかったんですか」

「わたしたちの話を、盗み聞きしていたでしょう」

　小佐内さんがぴしりと決めつける。

「さっきから、テーブルといい小鳩くんの顔といい、鏡の反射光がずっとうろうろしてるんだもの、気が散って困ったわ。小鳩くんが頑張ってくれて、マカロンを置いていった犯人さんはこっちの様子を窺《うかが》っているって推理したから、すぐに犯人は鏡でこっちを見てるんだなってわかったの。それに……わたしが立ったとき、あなたビクッとしたでしょう？」

この直観力と行動力は、ぼくには真似できないものだ。古城さんは泣き出しそうな顔で、肩もふるえている。

「ごめんなさい」

「どうしてこんなことしたの。あなたのお父さんの指輪でしょう？」

諭《さと》すような小佐内さんの言葉に、ぼくはようやく、小佐内さんが犯人について考えていた「別の方向」がなにかを悟った。ぼくは古城春臣と田坂瑠璃子の関係を妨《さまた》げようとする人物として、田坂瑠璃子に寄せられる信頼と愛情に嫉妬したパティスリー・コギ内部の人間を考えていた。しかし小佐内さんは同じ条件から、古城春臣の家族を考えていたらしい。古城春臣の性格をよく知り、スケジュールも把握して、指輪を渡す気配も察知していた……なるほど、家族の方が可能性が高かった。これはぼくの失点だ。

「お父さんは」

弱々しく、古城さんが話し始める。

「ずっと、結婚指輪を肌身離さず持っていたんです。仕事中も。それはお母さんを大事にしてるからだって思ってたのに……。お母さんがいっちゃってから半年も経たないうちに、コギ・ルリコなんてお店を作るのが信じられなくて、ほんと最低で、休みでもないのに名古屋に来るっていうからなにかあるって思って……。このお店のオープンのときに挨拶《あいさつ》はしてたから、お父さんの忘れ物を取りに来ましたって言って、控室に入れてもらったんです」

おどおどとさ迷う視線はときおり指輪に吸い付いて、また離れていく。

「冷蔵庫に一つだけマカロンが入った箱を見つけて、コギだったから、あの女への贈り物かと思って開けてみたら、指輪を入れてるなんて……。お母さんは病気であんなに苦しんだのに、いなくなったらすぐ別のひとと付き合うのって思ったら、あ、あたし、こんなお店潰れればいい、お父さんも大恥かけばいいって思って……」

「それで、どうしてわたしを選んだの？」

とても優しい声で小佐内さんが訊く。古城さんの指が上がって、ぼくを指さした。

「あの制服は見たことなかったから、この近くの学校の人じゃないって思ったんです。このへんのこと知らないひとだったら、時報にびっくりして振り返るんじゃないかって。それに……大人だと、本当に指輪盗んじゃいそうだし」

つまりぼくと小佐内さんは、指輪を持ち逃げしそうもない客として目を付けられたわけだ。お目が高いと言うべきか、見くびられたと考えるべきか、ちょっと戸惑《とまど》う。

小佐内さんが溜め息をつく。

「……わかった。それで、あなたもお菓子を作るの？」

突然の質問に古城さんは目をしばたたかせる。

「え、あ、はい。休みの日はお父さんに教わって……」

「そう。じゃあ、こんど食べさせてね。それで今日のことは忘れるわ」

鞄からノートとボールペンを取り出し、携帯電話の番号を書いて古城さんに渡す。未発見の考古学資料でも見るように目を丸くして数字の羅列に見入る古城さんに、小佐内さんは続いて、指輪が入ったコギを手渡した。

「あなたが怒る理由もわかるけど、他人を巻き込むのはよくない。まずはちゃんと、お父さんと話し合うこと。わかった?」

古城さんは何度も頷いた。

「はい。あの……止めてくれて、ありがとうございます」

「いいから、もう行って。中学生には遅い時間よ」

振り返っては頭を下げ、数歩進んではまた振り返り、胸には大事そうに指輪入りのマカロンを抱いて、古城秋桜はパティスリー・コギ・アネックス・ルリコを去っていく。その後ろ姿を見送りつつ、ぼくは言った。

「ずいぶん、優しいんだね」

心待ちにしていたマカロンの時間を邪魔した古城秋桜に、小佐内さんはなんの手出しもしなかった。なにかやり始めたらどう止めようかと、いろいろ案を練っていたのだけど。

「てっきり、あの子に話すのかと思ったよ」

「なにを?」

物憂《ものう》げな問いに答える。

「古城春臣は、あの子のお母さんが亡くなってから、田坂瑠璃子と付き合い始めたわけじゃないってことを」

「うん……」

驚きもしないということは、やっぱり小佐内さんも気づいていたらしい。

古城春臣は仕事中も結婚指輪を肌身離さず持っていたという。しかし小佐内さんは、作業中に指輪をつけたままのパティシエを、少なくとも日本人では見ていないと言った。両方を考え合わせ、快速電車の中で受けた講義のことも足すと、一つの答えが見えてくる。……古城春臣は、結婚指輪をネックレスに通し、首から下げる形で身につけていたのだ。

ところがいまから八ヶ月前、今年一月の写真ではそのネックレスは消えており、古城春臣はインタビューの中で新店の名をパティスリー・コギ・アネックス・ルリコだと発表している。名のある店で腕を磨いたパティシエは独立することも多い洋菓子業界で、片腕とはいえ一社員の田坂瑠璃子の名前を店名に入れるのは、古城秋桜が言うとおり意味ありげだ。まるで、この先もずっと田坂瑠璃子はパティスリー・コギに在籍し続けるとなんらかの理由で確信していたように思える。古城春臣はおそらくこの時点で、古い結婚指輪を身につけることをやめ、新しい結婚指輪を準備することを考えていた。

古城秋桜の母親が亡くなって、まだ半年にも満たないという。つまり彼女が亡くなるより少なくとも二ヶ月前には、古城春臣は「次」を考えていたふしがある。古城秋桜にとってはつらい推論だろう。

小佐内さんは緩慢な指遣いで、もう冷め切ってしまっただろう紅茶を物憂げに口許に運ぶ。

「小鳩くんが言うこと、わたしも気づいていたけど」

ほうと一息ついて。

「あの子はわたしにひどいことをしたわけじゃないし……。それにわたし、年下には優しいの」

ぼくは乾いた笑いをあげ、小佐内さんに倣《なら》ってティーカップを持ち上げる。ずいぶん喋って渇いた喉《のど》を、ぬるい紅茶が通りすぎていく。

最後に一つ、意地悪かもしれないけれど訊いておきたいことがあった。

「ねえ小佐内さん。古城春臣に幻滅した?」

細い指が伸び、ようやくのこと、緑色のマカロンをつまみ上げる。

「まさか……小鳩くんも知ってるでしょう」

待望のマカロンをくちびるに当てると、小佐内さんはたおやかに微笑んだ。

「他人の恋よりも、わたし、マカロンに興味津々《しんしん》なの」

紐育《ニューヨーク》チーズケーキの謎

1

ぼくと小佐内《おさない》さんは、どうしようもなく引き起こされる厄介事からお互いの身を守りあい、それぞれが心に誓ったことを破らないために相互に見張り合う約束をしている。しかしそれは、学校という限られた場所の中、平日という限られた時間でのことであって、休日に学外で小佐内さんと会うというのはこれまで先例がなかった。だから、十月の涼しい金曜日、昼休みの廊下で小佐内さんに呼び止められ、「こんどの日曜日、つきあってくれない?」と訊《き》かれたときには、驚かざるを得なかった。

昼休みの廊下は同級生たちが数多く行き来していて、その中のいくらかはぼくたちに興味深げな一瞥《いちべつ》をくれていく。ぼくと小佐内さんが一組である、もっと言えば交際をしているという理解が広まることは都合がいい。問題が深刻で秘密を要する場合も考慮に入れて、ぼくは、声を殺す。

「厄介なの？」

しかし小佐内さんは、ふるふると首を横に振った。

「それほどじゃない。文化祭に行くから、いっしょに来てほしいだけ」

もちろん、ぼくたちが通う船戸《ふなど》高校の文化祭ではない。近くの高校で、日曜日に文化祭をやるところがあっただろうか。あまり深い関心を寄せている分野ではないだけに、思い当たるところがない。

「文化祭って、どこの？」

「礼智《れいち》中学」

「あ、中学校なんだ」

どこかで聞いたことがある校名だ。確か剣道だか柔道だかが強いんじゃなかったろうか。市内の学校ではなかったはずで、そうなると遠出になるだろう。

「どうしてそこに行きたいのか、いま訊いてもいいのかな」

場所を変えて話を聞く選択も視野に入れてそう訊くと、小佐内さんは少し考え、きっぱり答えた。

「話せば長いことながら、一言で言うと、模擬店でパティスリーが出るから」

ははあ。

少し気に掛かるのは、市外の中学校までケーキを食べに行くことは、ぼくたちの互恵《ごけい》関係に適うことなのかということだ。単にお相伴にあずかるというだけのことなら断るしかない。小佐内さんが何らかの言い訳を必要とし、ぼくの存在がそれに役立つ場合のみ、ぼくたちは日曜日に一緒にケーキを食べに行く。

そのあたりのことを、端的に尋ねる。

「ぼくが行く意味はあるの？」

「あるの」

即答された。それならしょうがない。小佐内さんは「一人じゃ恰好がつかないから」などという理由でぼくを呼び出しはしない。なにか事情があるのだろう。

「わかった。いいよ、日曜日だね。詳しいことはメールで決めようか」

「うん」

教室に戻ろうと踵《きびす》を返すと、背中越しにもう一言飛んできた。

「あの、小鳩《こばと》くん」

振り返ると、小佐内さんは、きっと喜んでもらえるに違いないという期待を満面に湛《たた》えていた。

「あのね、文化祭ではね。……ニューヨークチーズケーキが、出るからね！」

微笑《ほほえ》み返すぼくの脳裏には、血も涙もないウォール街の鬼たちが、チーズケーキ相場の先物《さきもの》取引でしのぎを削り合うさまが浮かんでいる。きっとたぶん、そういうものではないのだろうけれど。

2

礼智中学は名古屋の学校だった。千種《ちくさ》区にある私立で、地図で見ると礼智高校というのもそばにあったから、一貫校なのかもしれない。

日曜日、ぼくたちは別々のルートで目的地に向かった。駅で待ち合わせて一緒の電車に乗ったのならぼくを引っぱり出した理由もゆっくり聞けたのだけど、小佐内さんはおみやげを買うので別ルートになるそうだ。制服で行った方がいいのかなとも思ったけれど、小佐内さんはなにも言ってなかったから、服は無地のシャツとチノパンを選んだ。名古屋駅で下りて、いまひとつ立体構造が頭に入ってこない地下をうろうろし、ようやくのことで地下鉄に乗る。

目当ての駅で地上に出ると、外は気持ちのいい秋風が吹いていた。地下鉄出口の真正面に掲示板が立っていて、市民フォーラムやフリーマーケットのお知らせに交じり、礼智中学文化祭のポスターが貼られている。真ん中に大きく漫画のキャラクターが描かれており、「礼智中学校文化祭」の文字は一字ごとに色が変えられていて、ポスターは総じてなかなか派手だ。「飛翔、そしてその先へ」とそれらしいスローガンも書かれている。

地下鉄の駅からの道順はおぼろげにしか憶《おぼ》えていなかったけれど、文化祭にはそれなりに人が集まるらしく、人の流れに乗っていけば迷わずに済みそうだ。やがて道は住宅街に入り、くすんだ煉瓦《れんが》色の塀に沿いはじめる。塀の内側には緑の植え込みがあり、隙間なく目隠しされていた。どうやらここが礼智中学校だろう。でなければ大豪邸だ。

ほどなく校門が見えてくる。厳《いか》めしい鉄門が大きく開かれていて、その内側にはいかにもポップな手作りのウェルカムゲートが据えられていた。第十七回とあるが、創立十七年だとすると意外と歴史の浅い学校なのかもしれない。そう思って見ると、白亜《はくあ》の校舎の無機質なデザインは、現代風だという感じがしなくもない。

校門を入って右手には、ぼくたちが通う船戸高校のものよりも一回り狭いグラウンドが広がっている。その真ん中で丸太が井桁《いげた》に組まれ、火が燃えさかっているのが見えた。一辺一メートル半ほどだろうか、焚《た》き火《び》と呼ぶには少し大きいが、火の粉《ひこ》が舞い散るというほど大きくはない。キャンプファイヤーみたいだけど、文化祭はキャンプではないので、なにか他の呼び方があるのだろう。団結の火とか、絆《きずな》の炎とか。

白い校舎には、「ようこそ礼智中学校文化祭へ」と書かれた垂れ幕のほか、「ハンドボール部　東海大会出場」「水泳部　全国大会出場」「柔道部　秋季大会出場」と書かれたものも下がっている。ぼくの出身中学で部活が全国大会に出たという話は聞いたことがない。どうやら、なかなかスポーツが盛んな学校らしい。

さて、小佐内さんとは校門付近で、午後二時に待ち合わせることにしている。あと二分ほどで二時だから、もう先に来ていてもおかしくないけれど……。休日開催だけに、校内には生徒ではないらしい人の姿も多く見られる。中学生とは思えない小さな子供もたくさんいて、ときおり歓声が聞こえてきた。

小佐内さんが姿を隠す技術はなかなかのものだけれど、ぼくの観察力もそう捨てたものではない。ウェルカムゲートの陰から、スニーカーの爪先が少しだけ見えている。見たところ靴のサイズは小さそうだし、まるで誰かを待ち伏せしているかのように、さっきからまったく動かない。上手《じょうず》の手から水が漏《も》れた、少々お粗末なかくれんぼだと思いつつ、ゆっくりとゲートに近づいていき、

「待たせたね、小佐内さん！」

一気にゲートの後ろを覗《のぞ》き見る。

知らない女の子の、怯《おび》えた顔がそこにあった。

「え、誰、ですか」

あやしい者ではありません、と言おうとして、声が喉《のど》で凍りつく。女の子の表情がこわばり、いまにも大声を上げそうに見えたその時、

「……なにしてるの、小鳩くん」

季節を先取りして冬の冷たさを纏《まと》った声が、背後から聞こえてくる。振り返れば、襟《えり》の丸い

白ブラウスにくすんだオレンジ色のカーディガンを羽織《はお》り、ボストンバッグをぎゅっと小さくしたような鞄《かばん》を持った小佐内さんが、半眼で仁王立ちしていた。

「いや、これは」

言いかけるぼくを無視して、小佐内さんは女の子の前にしゃがみ込む。

「大丈夫よ。このお兄ちゃん、ちょっと人の心がわからないけど、すごく悪い人っていうわけじゃないから」

ずいぶんなご挨拶《あいさつ》だし、それはお互いさまだ。女の子だって、そう言われて安心すべきかどうか戸惑《とまど》っているみたいじゃないか。ああ、無言で走り去っていく。その背中を見送って、小佐内さんはゆっくりと立ち上がった。

「小鳩くん。小さな子を驚かすのは、よくないと思うの」

「そんなつもりはなかった……っていうか、一部始終見てたんだよね？」

「なんのこと？」

小首を傾《かし》げ、心底不思議そうな顔をしている。

どうやら、小佐内さんは本当に何も見てはいなかったらしい……と、ぼく以外だったら騙《だま》されてしまいそうな、実に鮮やかなとぼけっぷりだった。

ここからは小佐内さんの案内に従う。

来客の靴を置く場所も、来客に行き渡らせるだけのスリッパもないらしく、校舎には土足で上がるようだ。昇降口に大きなマットが敷かれていて、「ここではきものの汚れをおとしてください」という張り紙が出ている。きものの汚れを落とすために服の埃《ほこり》を手で払ったけれど、小佐内さんがまったく反応を示さないので、おとなしく靴をマットでこすっておく。

キャラクターや飾り文字がたっぷり配されたポスターが廊下を飾り、案内標識はすべての方向になにか見るべきものがあるとアピールしている。上履きを履いた礼智中学の生徒たちも、靴を履いた来客たちも、たいていは笑顔だ。廊下に置かれた机の上にパンフレットが積まれているので、ぼくたちは一枚ずつそれを手にした。

パンフレットに書かれた校内図をじっと見て、小佐内さんは何も言わずにすいすい歩き出す。どこに行くのか聞いていないので、ぼくはただその後ろをついていくだけだ。角を二度曲がり、渡り廊下を抜けると、やがて黄色い呼び込みの声が聞こえてくる。

少し緑がかった紺色のセーラー服を着た女子生徒が白いエプロンと三角巾をつけて、頭上で手を振りながら客引きをしていた。

「お菓子作り同好会です！　カフェやってます、どうぞー！」

ストレートな名前の同好会だ。

ぼくも小佐内さんも、課外活動とは距離を置いている。お互いそれぞれ習い事はしているけれど、学校の部活には入っていないので、こういう盛り上がりには慣れていない。思った通りここが小佐内さんの目当てだったらしく、すたすたと教室の中に入っていくので、ぼくも客引きの女子にちょっと会釈《えしゃく》して、後に続く。

「……へえ」

中は、ちょっと深呼吸したくなるような、甘い香りが立ちこめていた。家庭科の実習室のようで、ずらりと並ぶ調理台にランチョンマットを敷いて、テーブルがわりにしてある。ちょうどおやつの時間だからか客は多く、賑《にぎ》わう教室内をエプロンと三角巾をつけた生徒たちが元気よく動きまわっている。

その中の一人が、ぼくたちを見て破顔した。

「あーっ！　ゆきちゃん先輩、ほんとに来てくれたんですね！」

白い三角巾の端から栗色に染めた癖毛が覗き、くりくりとした両眼の下には、そばかすが散っている。前に見たときはこの世の終わりのような顔をしていたけれど、今日は一転、飛び跳ねそうなほど元気だ。名パティシエと名高い古城《こぎ》春臣《はるおみ》の娘、古城秋桜《こすもす》。このあいだ、ちょっとしたことで知り合ったけれど、あれ以後も小佐内さんとの交流が続いているとは知らなかった。

「ゆきちゃん先輩……」

思わずそう呟《つぶや》くと、小佐内さんがちらりとぼくを見上げた。

「悪い？」

そんなことは……。

古城さんの目は小佐内さんにまっすぐ向けられ、揺らぎもしない。それは、小佐内さんの隣に立ち、小佐内さんと会話しているぼくの方にはちらりとも目を向けないということでもある。

「話したとおり、小鳩くんも連れてきたわ」

「どうも。久しぶりだね」

そう声をかけても、やっぱり古城さんはぼくを見ない。笑顔を崩さず、

「ぜんぜん大丈夫です!」

と言うだけだ。さすがに、そこに頑《かたく》なさを感じないわけにはいかなかった。

「忙しい?」

「おかげさまで、そこそこ繁盛《はんじょう》してます。でも席は空《あ》いてますから、こっちへどうぞ」

通されたのは、グラウンドがよく見える窓際の席だった。エプロンをつけた古城さんが水の入った紙コップを持ってきてくれたけれど、それを机に置いていくときも目はやっぱり小佐内さんを見たままで、ぼくの方はちらりとも見ないものだから、こぼれるんじゃないかとひやひやした。

「ゆきちゃん先輩は、あれですよね」

小佐内さんはこくんと頷《うなず》いた。

「うん。ニューヨークチーズケーキ。二つ」

「紅茶もつけますか」

「うん。二つ」

二つと繰り返すのは、そう念を押さないと古城さんがぼくの分を持ってこないかもしれないからだろう。古城さんは「わかりました！」と頷いて、同じエプロン姿が集まっている一隅《いちぐう》へ向かう。その後ろ姿を見送り、ぼくはカフェの喧騒《けんそう》に紛らわせて訊いた。

「……古城さんに会いに来たんだね」

小佐内さんは両手で紙コップを包み、ちょっと押してへこませ、戻してはまたへこませて、水面にできる波紋を見つめている。

「文化祭でケーキを作るから来てくださいって誘われたの。説明する機会がなくてごめんね」

「ぼくを誘ったのは、古城さんと二人で話したくなかったから？」

「だいたい当たってるけど、ちょっと違う」

小佐内さんは、立ち働く古城さんに目を向ける。

「マカロンの一件以降、古城さんと仲良くなったの。憧《あこが》れのパティシエの娘だけど、それは別にしても、とてもいい子よ。お父さんとはいろいろあるみたいだけど、本人もパティシエになりたいって。クッキーを焼いてくれてね、それが、けっこうおいしかった。がんばってねって言ったわ」

「うん」

「古城さんも、どうしてかわたしを慕ってくれてね。スイーツの師匠だなんて、大袈裟《おおげさ》なことを言って。夜になると電話をかけてきたり、土日に遊びに来たりするの。いくつか、とってきのお店も教えた。小鳩くんには、まだ桜庵《さくらあん》は教えてないよね？」

「うん」

「いつか連れていくね。それで古城さん、文化祭では、同好会の子たちとニューヨークチーズケーキを作るんだって言ったの。同好会の他の子たちはプロを目指してるわけじゃないってわかっていても、やっぱり時々は意識の差が歯がゆいって愚痴を言うこともあった。ゆきちゃん先輩なんて呼んでくれて、最近は、平日の放課後にも電車に乗って会いに来てくれるぐらい。だから……」

ああ、それはずいぶんと愛されたものだ。

さっき小佐内さんに、人の心がどうこうとひどいことを言われたけれど、考える材料があるなら推測することは苦手じゃない。つまり日曜にぼくを連れ出したのは、

「自分には自分の世界があるって伝えたいんだね」

古城さんが嫌いというわけじゃないけれど、友達は古城さんだけじゃないし、「交際している」相手だっている。古城さんだけとどっぷり付き合うつもりはない……ということを暗に伝えるため、小佐内さんはぼくを連れ出したのだ。

それでようやく納得がいった。小佐内さんがただ単にぼくと日曜のケーキを楽しみたいだけとはこれっぽっちも思っていなかったけれど、いったいどういうつもりなのかとずいぶん考え

てしまったよ。そういうことなら、確かにこれは互恵関係の一環と言える。心置きなく貸しにして、いずれ返してもらうとしよう。

プラスティックのトレイにケーキと紅茶を乗せて、笑顔の古城さんが近づいてくる。

「お待たせしました。ニューヨークチーズケーキと紅茶のセットです！」

小佐内さんの紅茶には、すでにミルクが入れられていた。好みは知っているというアピールなのだろうけれど、たぶん逆効果だということも含めて、いじらしくすらある。ぼくを殊更《ことさら》に無視するのは、小佐内さんへの独占欲のあらわれなのだ。

ケーキは扇形にカットされたもので、真っ白だった。ぼくはふだんあまり甘い物を好んでは食べないけれど、さすがにチーズケーキぐらいは馴染《なじ》みがある。目の前のケーキをまじまじと見つめ、誰に向けるともなく呟いた。

「これはレアチーズケーキじゃないの？」

「違います」

フォークを手に、小佐内さんが鷹《たか》のような目をする。

「違うんだ。どう違うの？」

「それはですね」

言いかけて、ちらと古城さんを見る。

「……お店の人が説明してくれると思う」

話を振られ、古城さんはあからさまに戸惑った。いま初めて存在に気づいたようにぼくを見て、それから救いを求める眼差《まなざ》しを小佐内さんに向け、その小佐内さんがじっと黙っているので、諦《あきら》めたようにぼそりと言う。

「湯煎焼き?」

「レアチーズケーキは直接加熱しません。ニューヨークチーズケーキは湯煎焼《ゆせんや》きします」

また小佐内さんをちらちら見ている。「この人にはどこから説明すればいいのか?」とでも言いたげだ。小佐内さんは溜め息をつき、フォークを置いた。

「ケーキの材料を型に入れます」

「うん」

「その型を、水を張ったバット……深さのあるステンレスのお盆に入れて、オーブンで焼くのが湯煎焼き。しっとり焼き上がるのが特徴なの」

わかったような、どうもいまひとつぴんとこないような。そうやって焼く意味が、なにかあるのかな。

「どれぐらいしっとりしているかは、食べて確かめてください」

その小佐内さんの言葉に、古城さんが慌てた。

「あ、あの、もちろんがんばって作ったんですが、ゆきちゃん先輩に満足してもらえるほどしっとりしているかどうか……」

ふたたびフォークを手にして、小佐内さんが微笑みかける。

「大丈夫よ。楽しみ」

トレイを胸に抱き、古城さんは顔を赤くした。

「あたし、仕事に戻ります！」

行ってしまった。新しい言葉を教えてもらった学恩は学恩として、ぼくは小佐内さんに非難じみた目を向けてしまう。

「かわいそうに、プレッシャーかけなくてもいいのに」

「楽しみなんだもん」

どこ吹く風である。

とにかく、目の前にはお茶とケーキがあり、小佐内さんはお待ちかねだ。ぼくもフォークを手に取った。いただきます。

真っ白なケーキにフォークを差し込む、その最初の瞬間から違いがあった。想像していたよりもずっと硬い……いや、硬いというよりも、弾力がある。押し返されるほどではないけれど、おや、と思うぐらいの手応えを楽しみながら、ゆっくりとケーキを切っていく。小さく切り取った三角柱を、口に運ぶ。

……へぇ！

小佐内さんも古城さんも「しっとり」と表現したけれど、ぼくの語感では、これは「みっしり」だ。甘さは割と控え目なのに、食感が驚くほどまったりしていて、旨《うま》さの密度が高いという感じがする。これはおもしろい、おいしい。

顔を上げれば、ぼくの感想など気にもしないで、小佐内さんは自らのケーキを堪能《たんのう》している。フォークが下がり、上がるたび、小佐内さんは幸福に浸るように微笑むのだ。あれだけなにかを楽しめるというのはいっそ羨《うらや》ましいし、あの顔を見ればケーキを作った方も本望《ほんもう》だろうから、古城さんが変な遠慮をして離れていったのが気の毒なぐらいだ。

そう思う一方で、少しだけ不思議でもあった。ぼくはニューヨークチーズケーキというものを初めて食べたから新鮮に感じて驚きもしたけれど、そういう驚きは、小佐内さんにはないはずなのだ。

「ねえ、小佐内さん」

早くも残り少なくなったニューヨークチーズケーキを見つめ、少しだけ哀しい目をしている小佐内さんに尋ねる。

「びっくりしたよ、おいしくて。これは、小佐内さんの基準に照らしても、やっぱり上出来なのかな」

小佐内さんは小首を傾げた。

「これがおいしいかってこと？　うん、おいしいけど」

「どこよりも？」

中学校の文化祭で出たチーズケーキが、小佐内さんを十全に満足させるというのが納得いかない感じがする。和洋問わず甘いものを好み、自分の足でおいしい店を探し求め、情報収集も怠《おこた》らない小佐内さんだ。ご予算の都合もあるだろうから世界最高の味を知っているはずとまでは思わないけれど、かなり上等のものは賞味しているに違いない。そうした上々のものを知っていてなお、このニューヨークチーズケーキはおいしいのだろうか？

質問に込めたそうした意図を、小佐内さんは的確に読み取った。フォークを置き、心なしか居住まいを正して言う。

「小鳩くん。そういうことじゃないの。素敵なパティスリーとお菓子作り同好会を同列に並べて比較するなんて、つまらないことよ。百円の板チョコを食べてゴディバの方がおいしいだなんて考えるのは滑稽《こっけい》だわ」

「そうなのかな……」

「そうよ」

語気に力がこもる。

「パティスリーはパティスリーにふさわしく、ホームメイドはホームメイドなりに、駄菓子は駄菓子として素敵ならそれでいいのよ。いつだって最高のものを求めるのは求道者っぽくて恰好よく見えるかもしれないけど、実際は何を食べても『あれに比べればね』なんて言っちゃうスノッブに過ぎない」

「じゃあ、何を食べても幸せってこと？」

「まさか。おいしくないものはだめよ。手を抜いているものはもっとだめ。それはすてきじゃないもの。……スノッブっぽいことを敢《あ》えて言うなら、もちろん、これは最高じゃない。でもおいしいし、手抜きでもないし、なによりもわたしはいま楽しいの」

小佐内さんはもう一口チーズケーキをほおばって、にっこりと微笑んだ。

「そういうことなのよ、小鳩くん」

3

ケーキの余韻を味わいつつ紅茶を飲んでいると、エプロンと三角巾を外した古城さんがやって来た。ちょっと不安そうな顔をしている。

「あの、どうでしたか」

にっこり笑って、小佐内さんが答える。

「すごくおいしかった」

「よかった……！」

古城さんは胸を押さえて大きく息をつき、相変わらずぼくには目もくれず、小佐内さんに顔を近づける。

「店員、代わってもらいました。これから文化祭見に行くんですけど、ゆきちゃん先輩もいっしょに行きませんか？」

小佐内さんは、ちらとぼくに目配せした。これは微妙なアイコンタクトだ。古城さんとの距離を適切に保ちたいという小佐内さんの目的から考えて、ぼくはこの二人と同行するべきだろうか？

少し考え、ぼくは席を立つ。

「じゃあ、ぼくは適当に見てまわるよ。また後でメールするね」

ぼくがカフェについてきただけで、小佐内さんの目的は果たされたはずだ。この上、ずっと一緒に行動する必要もないだろう。どうやら小佐内さんも同じ考えだったらしく、ぼくに向けて小さく頷きかけてきた。

小佐内さんを残して席を立ち、お茶代を払って家庭科教室を出る。呼び込みの子はもういなかった。古城さんの代わりにフロアに入ったのかもしれない。

ぼくはもう帰ってもいいのだけれど、せっかく来たのだから、ちょっとぐらい遊んでいくのが小市民的な行動というものだろう。昇降口近くでもらっておいたパンフレットを広げる。

「おっと」

挟み込んであった小さな紙が、ひらひらと廊下に落ちた。拾い上げる。その紙には、

《柔道部の公開練習試合は中止になりました　文化祭実行委員会》

と書かれていた。パンフレットを見ると、確かにそういう催《もよお》しのことが書かれている。中止になった理由はわからないけれど、そもそも文化祭の演《だ》し物《もの》として練習試合は奇妙だということに、誰かがぎりぎりになって気づいたのかもしれない。

体育館のステージで「犬神家の一族」をやるクラスがあって、それはちょっと見たい気がしたけれど、あいにくもう上演は終わっている。いまは三時少し前で、文化祭そのものが四時で終わって後夜祭が始まるので、たいていのイベントは済んでしまっているのだ。

コンピュータ部が「ファミコン再現」というのをやっているそうで、ファミコンというのは話に聞いたことはあるけれど見たことがなく、いったいどんなものなんだろうと興味が湧く。一方、四階では教室をひとつ丸ごと立体迷路にしているとのこと、迷路を解くぐらいは賢《さか》しらな謎解きはもうしないという小佐内さんとの約束に反しないだろうし、腕試しをしてみたい気もする。ファミコン再現か、立体迷路か、決め手がなくて迷ってしまうので、ここはコインを投げることにする。十円玉を投げて表が出たらファミコン、裏なら迷路だ。

ちん、と澄んだ音と共に、十円玉が宙を舞う。それを空中で受け止める……つもりが、手は見事に空振りし、十円は廊下を転がり始めた。ちょっと慌てて後を追う。壁に当たって倒れた十円は、裏を見せていた。迷路に行こう。

四階まで階段を上っていく。階段の蹴込《けこ》みにまで、「お化けやしき　1-B」とか「不思議の国のアリス　２‐Ｄ」とか、案内が貼られている。踊り場ごとの掲示板は言うまでもなく、百花繚乱《ひゃっかりょうらん》といった態《てい》だ。ぼくは、中学時代はこういう演し物には関わらなかった。あんまり興味がなかった一方、その興味のなさが表にも出ていたからか、あまり誘われもせず、クラスで割り当てられた仕事をこなしたぐらいだった。

三階まで上がってきたとき、

「風船をどうぞ！」

出し抜けに、目の前に風船が突き出された。もらおうかと思ったけれど、いまから迷路に行くのに手がふさがるのはまずいので断る。四階では、

「どうぞ、割引券です！」

と手書きのチケットを渡された。一年Ｃ組でカフェをやっているというのだけれど、あいにくおやつは済ませている。こんな急ごしらえっぽい割引券を配っているところを見ると、たぶん売上が目標に達していないのだろうけれど、残念ながら力にはなれない。

礼智中学校の教室は、廊下に面した壁にも窓がある。迷路のある教室は、その窓がすべて暗幕で覆《おお》われていた。これはなかなか本格的だ。入口近くで暇そうに壁にもたれている、鉢巻きをした男子生徒に近づく。

「まだ入れますか？」

営業時間がわからない店に入るときのようなことを言ってしまった。男子はしゃんと背筋を

伸ばして、少しほっとしたような笑顔になる。

「もちろん！　やっていきます？」

頷くと、小さな懐中電灯を手渡された。

「中は暗めなので、必要なら使ってください。最初の一回だけタイムアタックができますが、計りますか？」

「どうしよう。どんなふうに作ってあるのか、ゆっくり見たい気もするけど」

「二回目に見ていただくこともできます」

「じゃあ、そうさせてもらおうかな。スタートは中に入った瞬間ですか？」

「そうです。では……」

男子がストップウオッチを取り出す。ぼくは教室のドアに手を掛けた。

「スタート！」


立体迷路は、なかなか面白かった。段ボールで壁を作って、机や椅子でそれを支えていたらしく、狭くて暗い通路をうろうろするだけでけっこう楽しかった。

ぼくが迷路を踏破《とうは》した時間は、やや速い方ではあったものの、上位争いに食い込むというほどではなかったようだ。悔しい気もするけれど、仕方がない。平面ならともかく、初めて入る立体迷路を速く解けるかどうかは、運の要素が大きすぎる。三回計って最速の時間を採用する、というぐらいが一番面白いのかもしれない。管理がたいへんそうだけど。

「ありがとうございましたー」

ほどよく満足して迷路を後にする。時刻はもう三時に近く、そろそろあちこちで片づけが始まっているようだ。文化祭に行くのに集合が二時というのは遅く、堪能するにはいかにも時間が足りない……とはいえ、これもたぶん小佐内さんの計算のうちだ。あまり早くから来ると古城さんと半日ずっといっしょに行動することになりかねないから、小佐内さんは二時という時間を選んだのだろう。

廊下の窓からグラウンドを見下ろす。そのちょうど中心で、キャンプファイヤーが赤々と燃え盛っている。火の周囲に転々と赤いものが見えるのは、たぶん防火のための水を入れたバケツだろう。花を植えたプランターが四つ、キャンプファイヤーを囲んでいた。

文化祭が終わった後、後夜祭で火を囲む学校があるという話は聞いたことがあったけれど、実際にやっているところを見たことはない。たぶん管理がなにかと問題になるからなのだろうけれど、類焼の危険が少ないグラウンドの真ん中でとはいえ、堂々と火を燃やせるのはさすがに私学と言うべきか。ちょっと羨ましいような気がしなくもない。

女子がふたり、その火に近づいていく。一人はセーラー服で一人は私服、その私服姿の方が風船を二つ持っているのが見えた。確かにさっき風船は配っていたけれど、一人で二つとはよくばりさんめ。

いや、あれは、小佐内さんか。

するとそばにいるのは古城さんだろう。どうしてふたり連れだってキャンプファイヤーに近づいていくのかわからないけれど、古城さんが小佐内さんに近くで見せたいとでも言ったのかもしれない。見るともなしに見ていると、ふたりは火の近くで立ち止まり、手を前に差し伸べている。秋の夕暮れ時、肌寒い風も吹いてはいるだろうけれど、焚き火で暖を取っているとも思えなくて、なんだか妙な光景だった。

ふたりは何をしているんだろう……と思ったときだった。

グラウンドの隅から人影が飛び出してきた。学生服を着ている。ということは、ここの男子生徒だろうか。速い。全力で走っているのだろう。しかもその状態で、時々後ろを振り返っている。

なんだろう、と思ったのは一瞬だった。男子はグラウンドの中央に向かって走っていて、その先には小佐内さんたちがいる。あの速さからすると、もしかしたら男子は小佐内さんたちに気づいていないかもしれない。

ポケットに手をつっこみ、携帯電話を取り出すけれど、いまから電話をかけて間に合うとはぜんぜん思えない。女子二人は走ってくる男子に気づく様子もなく、男子はちらちらと後ろばかりを気にしている。窓を開けてグラウンドの二人に警告しようとしたけれど、鍵がかかっていて、解錠に手間取った。

衝突する寸前、どうやらお互いがお互いの存在に気づいたようだ。古城さんと思われるセーラー服の女子はその場で固まったが、オレンジ色のカーディガンを着た小佐内さんらしき方は後ろに飛び退《との》いた。男子の方も行く手の二人に気づき、コースを変える。結果的には、それがまずかった。

一瞬後、私服の女子ははじき飛ばされ、男子もつんのめってグラウンドにごろごろと転がる。ここからでも、男子がかなりいい体格をしていることはわかった。あれにぶつかられたらたまらない。ぼくは身を翻《ひるがえ》し、小走りに階段へと向かう。

願うことは、ただ一つ。どうか小佐内さん、無事でいて。

なにしろ、小佐内さんが怪我《けが》をしていたら、ぼくが連れて帰ることになるんだから……!

4

初めての建物なので迷ってしまい、グラウンドに出るまでに数分かかった。

数人の生徒がキャンプファイヤーを遠巻きにしていて、教師らしい大人の姿はなかった。その遠巻きの環の中で、茫然と立ち尽くしているのは古城さんだ。手に、なにか赤いものを刺した串を持っている。小佐内さんはいなかった。

やはり怪我を負って、保健室にでも運ばれたのだろうか。古城さんがぼくをこころよく思っていない、より正確には、小佐内さんを独占するのに邪魔な障害としか考えていないことは察しているけれど、事情を知っているのは彼女しかいない。駆け寄って、訊く。

「災難だったね。小佐内さんはどうしたの?」

古城さんは、ぼくの顔をまじまじと見た。さっきカフェでは目も合わせなかったから、今日初めて相対《あいたい》した気がする。そのくりくりとした目は、泣くことを無理に我慢したように真っ赤になっていた。

「……大丈夫?」

「えっ、はい」

我に返ったように、古城さんははっと表情を引き締めた。周囲を見まわし、声を殺して言う。

「先輩は……連れて行かれました」

「連れて行かれたって、誰に。どこに」

「どこにかは、わかりません。連れていったのは……うちの生徒だと思うけど……」

そこで古城さんは、急に声を荒らげた。

「ゆきちゃん先輩、拉致《らち》されたんです!」

「えっ、また?」

「え?」

おっと。

迂闊《うかつ》な発言への説明を求める古城さんを何とか宥《なだ》め、過去よりも現在に目を向けようと力説する。古城さんはとても納得はしていないようだったけれど、いまは小佐内さんを助ける方が先決だというぼくの主張には同意してくれたようで、最後には疑問を棚上げにしてくれた。

「それで、なにがあったの。落ち着いて話してみて」

小佐内さんと男子生徒が衝突したところまでは見ていたけれど、近くにいた古城さんには最初から説明してもらった方がいい。衝突の場面を見ていたことは言わずに、話を促す。

「話なんかしてる場合じゃないでしょ！　ゆきちゃん先輩を助けないと！」

「それはもちろんそうだけど……。でも、どこに連れて行かれたのかもわからないなら、せめてなにが起きたのかは知っておかないと、手の打ちようもないよ」

悠長な、とぶつぶつ呟いてはいるけれど、他に何が出来るわけでもないと悟ったのか、古城さんは不承不承話し始めてくれた。

「……カフェを出た後、ゆきちゃん先輩と文化祭をまわることにしたんです。風船もらって、写真部に行って、アリスの展示見て……。その後、ゆきちゃん先輩が、おみやげ渡すの忘れてたって言って、きれいな紙箱をくれました」

そういえば、おみやげを買うと言っていた。

「あたし、嬉《うれ》しくて。さっそく開けたら、色とりどりで透き通った、宝石みたいな、見たことないマシュマロでした。それであたしが、マシュマロって直火《じかび》で焙《あぶ》って食べたりするんですよねって言ったら、ゆきちゃん先輩が窓の外を見て、じゃあそうしようって言ったんです」

そうするって、まさか。

「この火でマシュマロを焙ろうとしたの？　二人で？」

どことなく決まり悪そうな頷きが返ってきた。甘い物にかける小佐内さんの態度に妥協がないことはよく知っているけれど、この古城さんもなかなかのつわものだ。

キャンプファイヤーは、間近で見てもやはりそれほど大きなものではない。井桁に組まれた丸太の高さはせいぜいぼくの腹ぐらいまでで、火も高々とは燃え上がっていない。まあ、近づいてマシュマロを焙るのに危険はなかっただろうけれど……。キャンプファイヤーを囲むプランターは、それ以上近づくなという立て札がわりだろうに、それは軽やかに無視したようだ。

古城さんが手に持つ串に刺さっている赤いものがマシュマロで、食べる機会を逸したのだろう。とにかく食べたら、と促すと古城さんは少しかなしそうにそれを見つめ、ぱくりと食べて、「おいしい」と呟いた。

とにかくそれで、二人がグラウンドの真ん中に出て行った理由はわかった。

「模擬店で和風喫茶やってるクラスに行って、お団子用の竹串をもらって、それからグラウンドに出ました。おいしいお店の話とか情報交換しながらボンファイヤーのそばまで行って、串にマシュマロを刺したんです」

キャンプをしているわけではないからキャンプファイヤーとは呼べないかもと思っていたけれど、やはり別の呼び方があったのか。

「いよいよ焙ろうとしたところで走ってくる足音が聞こえて、ゆきちゃん先輩が『危ない！』って教えてくれました。振り返ったら、うちの制服着た男子が後ろ見ながら走ってて、あたしは動けなくなって……一瞬のことだったから、よく憶えてないんです」

衝突の瞬間は、ぼくが見ていた。小佐内さんは走ってくる男子を避《よ》けようとしたけれど、男子も小佐内さんたちを避けようとしたため、ぶつかってしまった。

「気がついたらゆきちゃん先輩が吹き飛ばされてて、でも、転びはしませんでした。なんか地面に手をついて、くるっとまわって、転ぶのを堪《こら》えたみたいになってて」

「えっと、小佐内さんが受け身を取ったってこと？」

古城さんは首を傾げた。

「どうなんだろ。よくわかんないです」

まあ、とにかく大きな怪我を負ったわけではないことはわかった。

「ただ、転びそうになった拍子にバッグのふたが開いて、中身が飛びだしちゃったんです。マシュマロもグラウンドに散らばりました」

それは……小佐内さんの気持ちは、察するに余りある。

一方で、いまの話の流れを再現すると、少し気になることもある。

「マシュマロは小佐内さんが持ってたの？　古城さんへのおみやげなのに」

「はい」

言って、古城さんは考え込む。

「でも、どうしてだったかな……。串をもらうときに持ってもらったかなにかで、そのままだったんだと思う」

「マシュマロの箱って、どんなもの？」

古城さんは、自分の体の幅ぐらいに手を広げた。

「これぐらいで、丸くて平たくて、果物がたくさん描かれた紙箱で……それが大事なことなんですか？」

「いや、竹串をもらうのに邪魔になるほど大きいのかなと思っただけだよ」

急いで訊くようなことでもないと思ったのか、不満そうな顔をするけれど、古城さんはそれを口にはしなかった。

「それからなにが起きたの？」

「ぶつかった男子は派手に転んで、起き上がった後で『すみません』って大声で言って、ゆきちゃん先輩と一緒に散らばったものを拾い始めました。あたしも手伝おうと思ったんですが、校舎の方から乱暴な声が聞こえて、振り返ったら男子が三人、こっちに向かってきたんです」

頷いて先を促す。

「ゆきちゃん先輩にぶつかった男子は、三人組を見てまた逃げ出したんですが、衝突のときにどこかを痛めたのか、片足を引きずってました。どれだけも行かないうちに捕まって、いきなり殴られたり蹴られたりして。ゆきちゃん先輩も心配だったけど、目の前でいきなりそんなことが起きてびっくりしちゃって、なによあんたたち、って叫んだんです」

「古城さんが？」

「決まってるじゃないですか」

出し抜けに暴力沙汰《ざた》が始まったとき、それを咎《とが》める声を上げられる人が、どれぐらいいるだろうか。正直に言えば、ぼくもあまり自信はない。それなのに古城さんは、いきなり食ってかかったという。自分の学校内での出来事だという安心感も少しはあったのかもしれないけれど、面白い。

「なに笑ってるんですか」

「いや……ごめん、なんでもない。ええと、話の途中で悪いけど、その男子たちに見覚えはなかったんだね？」

あまり自信がなさそうではあったけれど、古城さんは頷いた。

「たぶん、下級生だと思う。最初にぶつかった子は一年生で、次に来た三人は二年生」

「どうしてそう思ったの」

「ゆきちゃん先輩にぶつかった子が、殴られてるときに『すんませんでした』とか『許してください』とか言ってて、殴ってる三人組は『お前、後輩の立場わかってんのか』みたいなこと言ってたから、学年が違うってわかりました。それで、殴ってた方が三年生なら、さすがに顔ぐらい憶えてると思うから、二年生だろうって」

なるほど。確実な証拠という訳じゃないけれど、古城さんの観察はかなり信用がおけそうだ。

「いちおう、外見も教えてもらえるかな」

「ええっと」

古城さんは宙を睨《にら》んだ。

「三人ともごつくて、体育会系の部活やってるかな、って思ったぐらい。背は、一人だけ少し高めで、二人はふつう。顔は三人ともよくなかった」

「もうちょっと歯に衣《きぬ》着せてもいいんだよ」

「あたし、男子って嫌いなんですよね」

そう言って古城さんは、男子であるところのぼくをじっと見た。

「わかった。ありがとう。三人組が一年生に追いついて、殴りかかったのを、古城さんが止めたんだよね。それからどうなったの」

「一年生って決まったわけじゃないですけど」

「まあ、仮にそう呼んでおこうよ」

仮称がないと話がしにくい。古城さんも納得し、

「それから……」

と言いかけて、ふと表情を曇《くも》らせる。

「三人組はあたしに『関係ねえだろ』って言い返してきたけど、とりあえず殴るのはやめて、一年生になにか話しながら、その子の体のあちこちを軽く押したりしてました。そのうちまた殴ったりするんじゃないかって見ていたら、いきなり三人組がこっちを見たんです。なんか指さしてきたりして、嫌な感じだなって思っていたらこっちに来て……『CD出せよ』って言ってきました」

CD?

「CDって、音楽の?」

眉を寄せて、古城さんは首を横に振る。

「知らないですよ!」

ふうむ。

音楽のCDなら、曲が入っているだけだ。だけど書き込み可能なCDだとしたら、画像、音声、集計データ、コンピュータウイルスに至るまで、なにが入っていてもおかしくない。

「一年生がCD持って走ってるのは見てましたけど、中身まではわかるわけないです」

それはもっともだけど、

「えっ、一年生がＣＤ持ってるのを見たの？」

こくん、と頷かれた。

古城さんはたしかに一年生がＣＤを持っているところを見ていたのか。三人組が勘違いをして、求めるＣＤを持ってもいない男子を追いかけていたわけではない。

「それで、いきなりなに言ってんの、おかしいんじゃない、って言い返したら、三人組はゆきちゃん先輩を見て『あっちだ』って騒いでゆきちゃん先輩を囲んで、『持ってるだろう、出せよ』って怒鳴ってました」

「小佐内さんはどうしたの？」

「『なんのこと？』って言ってました。かわいそうに、口許《くちもと》がふるえてて……」

怯えていたんだね。

笑ってたのかもしれないけど。

「しかもあいつら、ゆきちゃん先輩のバッグを取り上げて、中をじろじろ見たんですよ。本当に信じられない！」

「確かにそれは……ひどいね」

「しつこく見た後で『ない』って言って、ないんなら諦めればいいのに、絶対こいつが持ってるはずだって言い張って。あたし、あの一年生が殴られてるとき、ＣＤはゆきちゃん先輩に渡したって嘘ついたんじゃないかと思うんです。でなきゃ、あの三人組があんなにしつこく先輩を疑う理由がわかんないですもん」

三人組は一年生の嘘に騙されて小佐内さんを疑った、という推測だけれど、それはどうだろうか。ぼくが考えようとするのをよそに、古城さんはまくしたてる。

「ゆきちゃん先輩が知らないって言ってるのに、三人組はずっと疑ってて、とうとう連れていこうとしたんです。あたし、先生呼ぶよって言ったんですけど、ゆきちゃん先輩が『大丈夫よ。騒ぎにしないで』って言って、結局止めることも出来なくて……。先輩、三人組に言われるまま、ついて行っちゃったんです」

「言われるまま？　腕とかを引っぱられたわけじゃなくて？」

少し不本意そうな答えが返ってくる。

「はい。三人組に来いって言われて、言われたとおりに……」

古城さんの目が、また潤《うる》みはじめる。

「あたしのせいだ！　あたしがマシュマロ焙ろうなんて言わなければよかったのに！」

いや、古城さんはマシュマロは焙ることもあると言っただけで、ボンファイヤーで焙ろうって言い出したのは小佐内さんだったよね。指摘しないけど。

「小佐内さんは、他になにか言ってた？」

そう訊くと、古城さんは恨めしそうな目でぼくを睨み、

「それは……」

と口ごもる。

促すこともせず黙っていると、やがて古城さんは心を決めたように、はっきりとした口調で言った。

「『大丈夫よ。騒ぎにしないで、なんてことないから』って。それから……」

「それから?」

「……『小鳩くんを呼んで』」

ああ。ぼくがニューヨークチーズケーキを食べた後も校内に残っていることは、お見通しだったか。でも、

「だけど古城さん、ぼくの連絡先知らないよね」

「あ、それは」

古城さんはちょっと、納得しかねるような顔をした。

「『呼べば来るから』って言ってました」

……犬じゃないんだから。

たぶん、校内放送で呼び出すことを想定していたのだろう。そう思いたい。

方法はさて置き、小佐内さんはぼくを呼ぶよう古城さんに伝えた。結果から言えば、ぼくは自分から駆けつけたのだけれど、小佐内さんは何らかの形でぼくを必要としていたと考えられる。なんのために?

ふつうに考えれば、ぼくに助けてほしいからだ。暴力的な謎の三人組に囚われたわたしを早く助けて、というわけだ。……ところが、それだと少し奇妙なことになる。三人組の正体はわからないけれど、学外の人もおおぜいやって来る文化祭の日に、女の子を連れ去るというのは穏やかではない。古城さんがやろうとしたように教師を呼んで騒ぎ立てれば、三人組も諦めざるを得なかったはずだ。それなのに拉致が成功してしまったのはなぜか?

他でもない、小佐内さんが抵抗しなかったから。古城さんに「大丈夫よ」と言い、騒ぎ立てないよう牽制《けんせい》し、自ら三人組について行ったからだ。

まったく！　ぼくたちは相互の悪癖を止めあう約束を結んでいるというのに、小佐内さんはそれを忘れてしまったのだろうか。要するに小佐内さんは、謎を解いてごらんと言っている。その謎とは……。

「CDはどこに消えたのか」

まさに、それに尽きるだろう。

5

十月の日は暮れかけて、開《ひら》けたグラウンドには冷たい風が吹く。ボンファイヤーの薪《まき》がはぜる音が耳に届き、炎のあたたかさは嬉しいけれど、照らされる頰がちりちりする。

グラウンドの真ん中にいるぼくたちに、近づいてくる人はいなかった。騒動を聞きつけて誰か来るのではと思っていたけれど、その予想は外れたようだ。目撃者も大勢いただろうに、みんな小市民的事なかれ主義に基づいて、見て見ぬふりを決め込んでいるのだろうか。だとしたら、ぼくも見習うべきだったのかもしれない。

唐突に校内放送が流れ出す。

『三時十五分から、体育館で、吹奏楽部が演奏を行います。鑑賞ご希望の皆さま、体育館へお越しください。繰り返します……』

演奏の準備らしい吹奏楽器のばらばらな音が、風に乗って聞こえてきた。

古城さんが言う。

「CD? そんなの、ゆきちゃん先輩にぶつかった一年生が持ってたんじゃないですか。あたし、手に持ってるのを見ましたし」

一年生が嘘をついたから三人組が小佐内さんを疑った、という古城さんの推論は当たっているだろうか。

いや、そうは思えない。

「違うよ。三人組は一年生がCDを持ってないか、体をさわって確かめた。さっき言ってた、一年生の体のあちこちを押していたっていうのがそれだよ。そしてどこにもないことを確認したから、消去法的に、小佐内さんが持ってるって結論づけたんだ」

三人組は小佐内さんのバッグを調べたが、ＣＤは見つからなかった。続けて小佐内さんの身体検査もしたかっただろうが、他人の目もある中、私服の女子をべたべたさわることなど出来るはずもない。場所を変えて女子の協力者に検査させるか、小佐内さんに強要してポケットなどの中身を出させるか、とにかくなにかの手段で、小佐内さんが隠し持っていると思《おぼ》しきＣＤを回収しようと考えているのだろう。

「でもあたし……先輩が持ってるなんて、信じられない」

ぼくはあっさり頷いた。

「そう思う。小佐内さんがＣＤを持った状態で三人組についていったとしたら、なにかの交渉をするためだ。それなら小佐内さん一人でできる。ぼくを呼ぶ意味がない」

古城さんはちょっと理解が追いついていないような顔をして、自信がなさそうに訊いてくる。

「えっと、つまり、ゆきちゃん先輩も、あの男子もＣＤを持っていない……そういうことですか」

「そうなるね」

ちょっと言葉を切る。

「一年生も小佐内さんもＣＤを持っていなかった。となると、そのどちらかによってＣＤは隠されたと考えられる」

この近くの、どこかに。

「だから、ふたりとも持っていなかったんだ。では、隠したのはどっちか？　言うまでもなく、小佐内さんだ。追いつかれて殴られていた男子には、その時間も機会もなかった」

「……機会の話をするなら、そもそも、ＣＤを持っていたのは男子ですよ。どうすればゆきちゃん先輩が隠せるって言うんですか」

まっとうな疑問だ。一年生には機会がなく、小佐内さんの手にはＣＤがなかった。

ならば、答えは一つしかない。

「男子が小佐内さんに、ＣＤを渡したんだよ」

古城さんがぽかんと口を開ける。

起きたことを順番に整理すれば、そう考えるしかない。

「ＣＤを持って逃げていた一年生と小佐内さんは衝突し、お互いの持ち物が散乱した。そのとき、このままでは追いつかれることを悟った一年生が、咄嗟《とっさ》に小佐内さんにＣＤを渡した……託したんだろう」

「そんなこと！」

古城さんは笑おうとした。

「だってあたし、そんなところ見てない……」

と言いかけて、ふと黙り込む。

そう。さっきの話が正確なら、小佐内さんと一年生が衝突した後、古城さんは小佐内さんのバッグの中身を拾おうとしたけれど、聞こえてきた乱暴な声に気づいて振り返った。その直後に駆けだした一年生を目で追い、追いつかれた彼が三人組に暴行を受けるのを見て、それを咎め、言い争いをしている。

「二人がぶつかった後、古城さんは小佐内さんたちに近づいていないし、二人をずっと見ていたわけでもなかった。そうだよね」

念を押すと、古城さんは素直に頷いた。

「どれくらい小佐内さんから目を離してた？」

短い沈黙の後、悔しそうな答えが返ってくる。

「一分か……二分ってことはないと思うけど、少なくとも一分半ぐらいは」

「CDの受け渡しなんて、どんなに長く見積もっても十秒とはかからない。『これを預かってください』と押しつけるだけなら五秒で済む。それを受け取った小佐内さんは、じゃあそれからどうしただろう。三人組が一年生を殴り始めたのを見て、受け取ったCDがなにか重要なものだってことは気づいたはずだ。走って逃げる？　小佐内さんはけっこう足が速いけれど、土地鑑のない礼智中学で、どうやら体育会系らしい三人組を相手に逃げ切れるかどうかは危うい。じゃあ、素直に渡す？　悪くない手だ。なにより小市民的だしね。でも……小佐内さんはそうしなかった。CDを隠して三人組の手に渡らないようにした上で、自分から彼らについて行ったんだ」

古城さんは少し俯《うつむ》いた。その頬にボンファイヤーの炎が照り映える。ぼくの言葉が妥当かどうか考えているらしい。やがて、感じ入ったように呟いた。

「いきなり押しつけられたものでも、預かりものを簡単に他人に渡したりしない……さすがゆきちゃん先輩……勇気あるなあ……」

「まあ、マシュマロも台無しにされたしね」

「……それは関係なくないですか？」

さあ、どうだろう。

「でも、一年生がゆきちゃん先輩にＣＤを渡す時間はあったかもしれないですけど」

考えながら話しているらしく、古城さんの口ぶりは慎重だ。

「グラウンドの真ん中ですよ。しかも、時間は二分もなかったはずなのに」

古城さんは小佐内さんのことをよく知らない。その知的瞬発力と行動力を知らない。……九十秒あれば、彼女には充分だ。

「時間はあった。問題は、どこに、どうやって隠したか、だ」

ぼくはそう言って、グラウンドをぐるりと見まわした。

吹奏楽部の演奏が始まった。体育館から聞こえてくる音楽は、ラヴェルのボレロだ。フルートの音色が風に乗って耳に届く。

都市部の学校だけにやや狭くは感じるものの、それでもグラウンドは充分に広い。距離を目算するのは難しいけれど、両端にサッカーゴールが置かれているところを見ると、サッカーができる広さだということはわかる。ボンファイヤーがある中心部には、いまのところ近づいてくる人もいない。

……時々、校舎や校門の方からこっちを見ている人がいるね。グラウンドの真ん中に男女で突っ立ったまま話しているぼくたちは目立っているようで、それは小市民的には望ましくない状況だけれど、そんなことよりもいま重要なのは、この場所は隠し場所が極めて限られているということだ。この周辺には、ボンファイヤーを除けば、防火用らしき水を入れたバケツが数個と、見たことはあるけれど名前を知らない草花を植えたプランターしかない。

グラウンドに常設のラインは見当たらないので、百メートル走やサッカーをするたびに白線を引いているようだ。よく観察すると、ところどころに金属のノズルが見えているが、あれは土埃を防ぐための散水栓《さんすいせん》だろう。

バケツは、ボンファイヤーを囲むようにして、合わせて六つ置かれている。見た感じはブリキ製らしく、どれも外面が赤く塗られていて、そこに白いペンキで「防火用」と書かれている。どれも水が入っていて、水位はまちまちだ。

一方、プランターは長方形で、大きさは一抱えほど、ボンファイヤーの各辺から二メートルほど離れて計四つ置かれている。古城さんに「この花、なんだろう」と訊いてみたら、たちどころに「マーガレットとアリッサムですね」と返ってきた。咲いた花がこんもりとプランターを覆っていて、敷き詰められているはずの土はぜんぜん見えない。

「ふうむ……」

ボレロのメインテーマが繰り返される中、メロディーを奏でる楽器は次々に入れ替わっていく。校舎の方で不意に大きな歓声が上がり、振り返ると、窓の一つから男子生徒が身を乗り出して「2－B、サイコー！」と絶叫した。

ぼくたちから少し離れた位置には、水色や橙色《だいだいいろ》の宝石のようなものがいくつか落ちている。近づいて拾い上げると、指の間でくにゅりと形が変わった。食べる勇気はないけれど、これが小佐内さんのおみやげであるマシュマロだということは察しがつく。転びそうになったときにばらまいてしまったのだ。ということは、ボンファイヤーから六、七メートルほど離れたここで、小佐内さんと男子生徒が衝突したのだろう。ＣＤの受け渡しもこのあたりで行われたと見て間違いない。

おおよその状況はわかった。ちょっと考えてみようかと腕を組んで俯いたところで、古城さんがさっきよりも険《けん》のある声で訊いてくる。

「あのですね。グラウンドの真ん中でどうやって隠すんですか、って訊いてるんですけど」

「ああ」

腕組みをしたまま、ぼくは生返事をする。

「いまのところ、四通りほど思いついてる」

ふと顔を上げると、古城さんが目を大きく見開いていた。なにかあったのかなと思って様子を窺《うかが》うけれど、古城さんがようやく言ったのは、

「じゃあ、早く捜しましょうよ」

という一言だった。

ぼくは首をひねって考えた。四通りの方法が考えられるなら、観察と推理によって一つにまで絞り込んでいくのが本懐ではある。ただ今回に限って、小佐内さんが囚われているという事情も考慮に入れると、調べられる方法から調べていくという古城さんの提案も一理なしとはしない。

「じゃあ、捜そうか」

「どこから……」

古城さんは、掛け声ひとつでどこへでも飛んでいきそうに意気込んでいる。その勢いを逸らすのも悪いけれど、

「ただ、もう一つだけ教えてほしい。ぼくが最後に見た小佐内さんは、白いブラウスにオレンジ色のカーディガンで、片方の手にバッグを持って、もう一方の手には風船を二つ持ってた。連れて行かれるときの小佐内さんも同じだったかな」

訝《いぶか》しげな視線を向けられた。服装はともかく、どうして風船のことまで知っているのか、尾行でもしていたのか……とでも思っているのだろう。誤解されるのはどうでもいいけど、話が聞けなくなるのは困る。

「四階から見えたんだよ」

と付け加えておく。それでも古城さんは、ぼくを値踏みするような目で見ていたけれど、ふと気づいたように「そういえば……」と呟いた。

「風船、どこに行ったんだろ。ゆきちゃん先輩、持ってませんでした」

「……風船以外は？」

「いま言った通りの恰好だったと思います」

「たしかに？」

古城さんは眉根をきゅっと寄せた。

「片手にバッグ、もう片方の手にはなにも持っていませんでした。間違いないです」

ぼくは小さく唸《うな》る。古城さんの観察眼は信用してもいいだろうが、そうなるとさらに一つ不思議なことが発生する。あれはどこに行ってしまったのだろう——。

「そんなことより、四通りが口から出任せでないなら、早く捜しましょう」

「ああ、うん」

生返事をして、ぼくは顔を上げた。消えたもののことは気になるけれど、いまはとにかく可能性を潰していこう。手でグラウンド全体をなんとなく示す。

「第一案。一番簡単なのは、投げることだ。三人組が男子に絡んでいるあいだに、CDを投げてしまう。平たいものだからよく飛ぶだろう」

「……はあ」

気の抜けたような返事だ。もっとましな案が出てくると思っていたのかもしれない。あまり気にせず、先を続ける。

「簡単に実行できるところが利点だけど、問題もある。CDは温度変化には強いけれど、傷には弱い。もしCDがケースから飛び出して、読み込み面を下にして土の上を滑《すべ》っていったら、大きなダメージを負ってしまう。それでも、緊急事態だからやむを得ずそうしたという可能性もあると思うから、マシュマロが散らばっているあたりから、そうだね、半径二十メートルほどを捜すべきだ」

納得はしていないようだけれど、古城さんは頷いた。

「わかりました。捜します」

腰を落としてきょろきょろし始める古城さんをよそに、ぼくは他の可能性を検討する。

どこからか、悲鳴のような「ポップコーンいかーっすかー!」という絶叫が聞こえてきた。文化祭が終わりに近づき、なんとしても売れ残りを始末したいのだろう。ここまで売りに来るなら買ってあげてもいいかなと思ったけれど、声はその一度きりで、ボンファイヤーの傍《かたわ》らに佇《たたず》むぼくに近づいてくる人影はなかった。

第二案、プランターに隠した可能性はあるだろうか？　マーガレットとアリッサムというらしい花はとてもよく繁《しげ》っていて、下にものを隠すにはうってつけだ。四つしかないので、確認するにも手間はかからない……。

捜した。なかった。次、第三案。

防火バケツの中はどうだろう。水はただの水道水なので、投げ込んでも上から覗き込めばすぐに見えてしまう。逆に言えば、覗き込まないと見えないということだ。ＣＤは濡れても別に問題ないので、水中に隠すのはいい手かもしれない。あるいは、バケツの下に隠すのは？　サイズ的にもうまく収まりそうじゃないか。

こっちは六つある上、いったんバケツを持ち上げる必要もあるので、見ていくのは少し面倒だ。実際問題、ボンファイヤーを挟んだ向こう側にあるバケツの方に隠す時間的余裕はなかったはずだけれど、事のついでにぜんぶ調べる。

……これも、なかった。水がこぼれているバケツがあって、最近動かした痕跡かと思ったけれど、バケツの中にも下にもＣＤは見つからなかった。

となると……。ボンファイヤーの炎を見つめ、ぼくは腕を組む。

ボレロの繰り返すメロディーに合わせ、片足で軽く足踏みをしていると、少し息を切らした古城さんが駆け寄ってきた。

「見つからないですよ。投げたんじゃないかも」

考え事をしていたせいで、答え方が少しぞんざいになってしまった。

「ああ。そうだろうね」

「ちょっと……！」

しまった。声に含まれる抗議の気配に、あわてて表情を取りつくろう。

「いや、ごめん、無駄なことをさせるつもりじゃなかった。可能性は低くても、いちおう調べておかないとと思ったんだ。ぼくもいろいろ捜したけど、見つからなかった」

古城さんは腕時計を見て、それからなんとなく校舎を振り返る。四条の垂れ幕が、微《かす》かな風に煽《あお》られて揺れていた。

「こんなことしても見つかりませんよ！　三人組を見かけなかったか訊いてまわった方が早いんじゃないですか」

「それで見つけたとして、小佐内さんを賭けて勝負だ、って喧嘩するわけにもいかない。手札がいるんだ」

「それは……そうですけど……」

焦る気持ちはわからないでもないけれど、まだ慌てるには早い。ぼくは古城さんをまっすぐ見据え、こう言った。

「考えてみてよ。落ち着いて、考えるんだ。小佐内さんはなにを持っていたのか？　なにがなくなったのか？　きっとそこに手がかりがある。見つからないと決めるのは早い」

あそこにあるはずだ、という確信はすでにある。でも、どうしたらそんなことが可能なのか、さっぱりわからないのだ。

「ゆきちゃん先輩が、なにを持っていたか、なにがなくなったか……？」

そう呟いて、古城さんが秋の空を見上げる。つられてぼくも見上げると、トビらしい鳥が、はるか上空でぐるぐる旋回していた。ボレロのメロディーはいよいよ高まっていく。

「三人組は小佐内さんのバッグの中をじろじろ覗いて、ＣＤはないと判断した。そこがおかしい。拉致なんていう強硬手段に出る前に、バッグの中にもう少し捜すべきところがあったんじゃないか」

古城さんが不満をあらわにする。

「ポケットのことですか？　一見してＣＤは入ってないって判断したんだから、内ポケットのないバッグだったっていうだけでしょう」

「いや、ポケットじゃない」

グラウンドに散らばっている、宝石のようなお菓子を見下ろす。小佐内さんがせっかく買ってきたおみやげだ。喜んでもらえると思っていただろうな、と思うと、さすがのぼくもその無念さは理解できる。

「マシュマロの箱のことだよ」

「箱……？」

虚を突かれたように、古城さんが言葉を繰り返す。

「もしバッグの中に箱が入っていたら、三人組がバッグの中を見ただけで『ない』と言ったのはおかしい。さっき聞いた話だと、マシュマロの箱は充分にCDが入る大きさじゃないか。バッグから取りだして中身をあらためるとか、振ってみるとか、なにかのアクションがあったはずだ」

「……ゆきちゃん先輩を拉致してから、ゆっくり確かめるつもりだったんじゃ」

「だとしても、ないと決めつけたのはおかしい」

一つ息をついて、言う。

「つまり、マシュマロの箱も、消えているんだ」

古城さんが首を傾げる。

「だけど、それ、話がややこしくなっただけじゃないですか？」

いや、違う。これで問題の焦点は一つに絞られた。あと一歩……なのに、その一歩が詰めきれない。

「小佐内さんは、『小鳩くんに連絡して』って言ったんだよね。正確にはどう言っていたか、思い出せる？」

古城さんを責めるつもりで言ったわけではなく、小佐内さんが手がかりを残しているとしたら古城さんがそれを聞いている可能性は大きいので、あくまでただの確認をするつもりだったのだ。ところが古城さんはひどく傷ついたように俯いて、

「あたし、なにも聞いてないです……」

と呟いた。思わず天を仰ぐ。彼女がナイーブなのか、それとも、ぼくがふだん通りに話しても傷などどこにもつかない小佐内さんの方が特別なのか、いずれにしても悪いことをした。

「ごめん。古城さんがなにかを隠してるって意味じゃなくて」

「ゆきちゃん先輩は、『小鳩くんを呼んで』と言いました」

「そうだったね。うん」

「他には、『ケーキおいしかったか、訊いてね』って言ってただけです」

言ってたんじゃないか！

小佐内さんは古城さんと文化祭をめぐり、おみやげのマシュマロをボンファイヤーで焙ろうという話になって、まずは竹串を調達し、それから二人でグラウンドに出た。マシュマロの箱は小佐内さんが持っていて、それぞれ竹串にマシュマロを刺し、これから焙ろうというところで一年生が走ってきて、避けようとした小佐内さんにぶつかった。マシュマロは飛び散り、小佐内さんのバッグの中身も飛び出した。先程の推理に従えばこのとき、一年生が小佐内さんにＣＤを渡している。

三人組が一年生を追ってきて、ほどなく追いつき、暴行の後、身体検査を始めた。この隙に小佐内さんはCDを隠したと考えられる。三人組は一年生がCDを持っていないことを確かめると、さっき彼と接触した小佐内さんに目をつけた。小佐内さんは抵抗せず、しかしぼくを呼ぶよう言付けし、そしてその際、「ケーキおいしかったか、訊いてね」とも言い残した。

……関係ないわけがない。CDの隠し場所と、小佐内さんの謎めいた言葉は、必ずどこかで繋《つな》がっている！

「ケーキって、あのチーズケーキのことだよね」

勢い込んだぼくに押されるように、古城さんはこくこくと頷いた。

「た、たぶんそうだと思います。ニューヨークチーズケーキ」

小佐内さんは、ぼくにあのケーキのことを示唆《しさ》した。チーズケーキ。ニューヨークチーズケーキ。いったい、それがなんだというのだろう。

あのケーキは、白かった。みっしりしていた。おいしかった。小佐内さんと、最上の味について話をした。あの話のどこかにヒントがあったのだろうか？

それから、ケーキの作り方を聞いた。バットとオーブン、そして。

「……古城さん。ニューヨークチーズケーキは、どうやって焼くって言ってたっけ」

「えっ、あの、ゆ、湯煎焼き？」

それだ！

バットに水を張り、そこにケーキの材料を詰めた型を置いて、オーブンで焼く。さっきは、そんなことをしていったいどんな効果があるのか、ぴんとこなかった。にぶかった。湯煎焼きする目的は、あまりにも明々白々じゃないか。

「古城さん！」

「は、はい！」

なぜか気をつけの姿勢で固まった古城さんに、ぼくは言う。

「お菓子作り研究会に戻って、トングを持ってきて。急いで……走って！」

「はいっ！」

理由も聞かず、不満そうな顔もせず、古城さんは弾《はじ》かれたように走り出す。……もしかしたら、強く出られると断れない性格なのかもしれない。

あんまり苦労しないといいけど。

6

ボンファイヤーは赤々と燃え、井桁に組まれた中では、薪が時折ぱちりと爆《は》ぜている。体育館から聞こえてくるボレロを聞きながら、ぼくはその炎を、ただ見ていた。

古城さんは、ものの三分も経たないうちに戻ってきた。息を切らし、膝に片手をつき、もう一方の手でぼくにトングを差し出す。

「持って……来ました……」

「ありがとう」

金属製のトングを、ぼくはカチカチと鳴らしつつ開閉させる。これなら申し分ない。顔も上げられない古城さんを横目に、マシュマロが散らばる地点からまっすぐ、ボンファイヤーに近づく。

「なにかを隠すのにどこよりも目立つ場所を選ぶのは、常套手段と言っていい。それだけに、あまり有効とは言えないだろうね。ほんの少し気がまわる相手なら一秒で見つけられる場所にものを隠すのは、意外性を狙うにしてもリスキーだ」

熱がひたいに、頬に吹きつけてくる。そうだ、思えば、水がこぼれていたバケツがあった。あれは水を汲むときにこぼしたのか。

「だけど、その一番目立つものが炎で、隠すべきものが可燃物だったら、話は別だ。燃えるものは火の中に隠せないから、捜そうとすら思わない。昔、水に浮くものをうっかり水の中に隠して、ここぞってときに全部浮いてきちゃう映画を見たことがあるよ。恰好いい映画だった」

火の中を覗き込むと、組まれた薪のあいだに隙間があるのが見えた。熱風が吹きつけ、ぼくは薄目になる。炎の奥に目指すものを見つけ、思わず、口の端に笑みを昇らせてしまった。体育館から流れてくる音楽は、いよいよ最高潮だ。

「そして逆に考えれば、燃えない、少なくともしばらく燃えないものであれば、火の中にも隠せるってことだ。まして、CDは温度変化には強いからね」

　肩で息をしながら、古城さんが訊いてくる。

「だけど……ものには限度が……」

「そう。限度がある」

　振り返って、ぼくは微笑んだ。

「三百度、四百度の中に放り出すのは無謀だ。じゃあ、最高でも百度だったら？　CDは水にも強い」

　百度と水という言葉を聞いて、古城さんが顔を上げた。

「そうか、それで、ニューヨーク……」

　察しがいいね。いや、やっぱり、ぼくがにぶかっただけかな？

　ニューヨークチーズケーキを焼くときバットに水を張るのは、熱の伝わりを抑えるために他ならない。オーブンの中が何度であっても、何千度であっても、水に触れている部分はおおよそ百度を超すことはない。気圧次第だけれど、水はだいたい百度よりも熱くはならないからだ。

　丸太の隙間からトングを差し込んでいく。

　手応えがあった。ゆっくり、引き出す。……そうか、と気づくことがあった。現場からはもう一つ、竹串も消えていた。小佐内さんは、これを火の奥へと差し込んでいくために竹串を使い、そして使い終わった竹串は火に投じたに違いない。

ボンファイヤーからトングを引いていく。その先端で確実につかんでいるのは、もちろん、マシュマロの箱だ。煤がついて黒ずんでいる。

「ミトンもお願いすればよかった」

そう言いながら、ぼくは箱を地面に置き、防火用水が入ったバケツを持ってくる。一気にぶっかけては、温度差がどんないたずらをするかわからない。水を手ですくい、少しずつ箱にかけていく。

「紙の箱なのに……火の中に……」

「火は下の方ほど温度が低いし、紙の発火温度は意外と高いからね。華氏四百……何度だっけ。ましで……」

もどかしいような冷却作業に見切りをつけ、服の端をつまんで手袋がわりにし、箱に触れる。

「箱が水で満たされていれば、その中は百度を超えない。ニューヨークチーズケーキと同じ理屈だ」

箱の中には水が湛《たた》えられている。さっきまで火の中にあったのだ、熱湯になっているだろう。そしてその底では、プラスティックケースに入れられたCDが、火と太陽を反射して虹色に輝いていた。トングでケースをつかみ、水の中から引き上げる。

「間違いない。やっと見つけた」

マシュマロの箱を防火バケツに沈めて水を汲み、そこにCDを沈め、火の中に入れる。これが、CDを隠すために小佐内さんがやったことだ。

古城さんが長く深い溜め息をつく。

「……ゆきちゃん先輩、たった九十秒ほどでこんなことを考えて、ぜんぶ用意して、実行したの……？」

もう一度、荒い息をして、呟く。

「信じられない……」

小佐内さんのことを話すとき、古城さんの目はいつも興味と好意に輝いていた。しかしこのときは、そうではなかった。ぼくの思い違いでなければ、そこに浮かんでいたのは、おそれに近いものではなかったかと思う。

7

いくつもの楽器が奏でる音色が、最高潮まで高まって、終わった。体育館から拍手が聞こえてくる。

「あたし」

まだほんのり温かいCDを受け取って、古城さんはそれを天にかざす。

「ゆきちゃん先輩は、風船にCDを括《くく》りつけて飛ばしたんじゃないかと思ったんですよね」

「あはは」

面白いけど、その方法だと回収できないからね。風船は、単に衝突のときに手を離して、飛んでいってしまったのだろう。

「とにかく、これを三人組に渡せば、ゆきちゃん先輩を助けられますよね」

そう訊かれるあたり、ぼくも少しは古城さんの信用を獲得したらしい。……その信頼を損ないかねないのは、心苦しいことだ。

「まさか」

目を見開いた古城さんに、ぼくは首を横に振る。

「そんなことをしたら、小佐内さんは悲しむよ。CDをそのまま渡すだけなら、小佐内さんが自分でやってたはずだ」

「でもそれは、預かりものをすぐ渡したくなかったから……」

「ぼくたちが渡せば、同じことだよ。なんのために小佐内さんはCDを火の中に隠し、自ら捕まったんだと思う?」

さらに言えば、なんのためにぼくを呼び出したのか?

ええと、それは、と口の中でもごもご言っている古城さんに、ぼくは断言する。

「小佐内さんは時間を稼いだんだ。その間に、ぼくがCDを見つけ出すことを望んでいた」

「どうして」

「CDの中身を調べるためだよ、もちろん！」

CDを所持していたために三人組に襲われた一年生から、小佐内さんは当のCDを受け取った。すでに小佐内さんはおみやげのマシュマロを台無しにされ、二つもらった風船を空に飛ばしてしまい、最後にもう一度ニューヨークチーズケーキを食べて帰ろうという彼女の目論見も、たぶん水泡に帰すことになってしまった。おとなしく「はいそうですか」とCDを渡すほどには、小佐内さんはまだ小市民の修行が足りていない。

CDには誰かの秘密が隠されている。それを確認したいと思うぐらいは、まだしも健全な好奇心の範疇だろう。その秘密を用いて、マシュマロとニューヨークチーズケーキのかたきを討とうとまで考えているかどうかは、わからないけれど。

「……そっか」

ぼんやりと古城さんが呟く。

古城さんは、小佐内さんを趣味の合う年上のお姉さんとして慕っていた。マカロンの一件で鋭さを間近に見せつけられても、小佐内さんのことを可愛らしいと思っていたことは、傍目《はため》にもわかった。しかしいま、小佐内さんのやり方の一端を垣間見てしまった。ショックを受けているのだろう……。

「さすが、ゆきちゃん先輩！」

「えっ？」

「そうですよね。あの三人組、明らかに悪い連中でした。そんなやつが捜してるんだから、なにか悪いことが記録されてるに違いないです！　証拠隠滅されないように、体を張ったんですよ。ゆきちゃん先輩、本当にすごい！」

目にはきらきらとした輝きが戻り、古城さんは感に堪《た》えないように両のこぶしを口の前でふるわせている。

あー。うん。言っていることは間違ってない。三人組は少なくとも粗暴だったし、ＣＤには彼らにとって不都合なことが記録されているだろうし、小佐内さんはＣＤが連中の手に渡らないように自らをおとりにした。ぜんぶ当たっているのに、なんだろう、この微妙に違う感じは……。

「そうと決まればレッツゴーです！」

「レ、レッツゴー？」

本当に口に出してレッツゴーって言う人、初めて見たよ。

「コンピュータ部に知り合いがいるんです。あいつにやらせれば動画は見られるし、コピーもきっと取れますよ。行きましょう！」

コンピュータ部の部室は、いくつかある校舎の、どこかにあった。文化祭のラストスパートとばかりに混み合う中、ぼくは古城さんについていくのが精一杯で、場所の見当を途中で失ってしまった。いま三階にいると思うけれど、もしかしたら四階かもしれない。

空き教室を流用したと思しき部室のドアは開けっぱなしで、ドアの横には「ファミコン再現」の看板が出ているけれど、その上に「動かなくなったので終了」と書かれた紙が貼られている。つまりコンピュータ部員は暇そうで、それなら頼み事もしやすかった。

古城さんの知り合いのコンピュータ部員というのは、中学生なのにぼくよりも頭一つ背が高く、肩幅が広く、ウエストに向かうにつれて絞られていく、見事な体型の偉丈夫《いじょうふ》だった。顔はいかついが、物腰はとても柔らかく、ぼくたちに椅子と麦茶を勧めてくれる。さらに言えば、彼はいま部室に残っている唯一の部員でもあった。古城さんにCDの再生を頼まれると事情を聞きもせずに、

「いいとも」

と笑った。いいやつだ。

「デスクトップは演し物で使ってるけど、再生ぐらいならノートでもできるから」

「そう。じゃ、お願いね」

例のCDを古城さんが渡すと、コンピュータ部員は怪訝《けげん》そうな顔をした。

「……なんか、あったかいっすね、これ」

まだ温かかったみたいだが、ノートパソコンは特に問題なくCDを読み込んでいく。パソコンには疎《うと》いのか、古城さんはやけに不安そうな顔で画面を凝視《ぎょうし》している。

「どう?」

「どうって、別にふつうだよ。中身は……『秋合宿』ってファイル名の動画ファイルが一つだけ。四分ほどしかないね、容量がもったいないな。再生していいんだろ?」

古城さんが頷くと、ほどなく動画の再生が始まった。

映し出されたのは、畳敷きの広い空間だった。そこに、胴着の男たちが十人ほど立っている。

「……空手?」

男子がそう呟くが、始まった練習を見れば、そうではないことはすぐにわかった。お互いに組み合い、揺さぶり、投げ飛ばす。CDに入っているのは、柔道の練習風景だ。古城さんが言う。

「これ、うちの柔道部だよね」

無音の中で乱取り稽古《げいこ》が続く。そのうち、黒帯を締めた背の高い男子と、その三分の二ほどの背丈しかなく顔つきもいかにも幼い男子が組み合い始めた。

「ねえ。音は入ってないの?」

古城さんが訊くと、コンピュータ部員は「おっと」と呟いて消音機能を解除する。

途端、大声が響き渡った。

『気合い出せ気合い！　声声声！　声出せもっとほら声出すんだよ！　やる気やる気！』

思わず身を引く。顔を画面に近づけていた古城さんは、悲鳴を上げて耳を押さえた。

「ああ、ごめんごめん」

コンピュータ部員は自分も顔をしかめながら、音量を調整する。

モニタの中で、声を出せと言われた柔道部員が必死に声を張り上げる。しかし声変わりさえしていないのか、出る声は甲高《かんだか》く、細いものだ。上級生らしい黒帯の襟と袖をつかんで何度も揺さぶっているが、見るからに体格差がありすぎる。

『もっと力出せ！　本気出せよ本気！　声、ほら声、ほら声声声！　声出せっつーんだよ舐めてんのか！』

ほとんど悲鳴のような叫びを上げて技をかけようと体をぶつけるが、相手はやはり直立したまま小揺るぎもしない。

『技に入れよ技に！　そんなんじゃ撮ってる意味ねえだろ！』

そう叫んだ、次の瞬間だった。

『気合い入れろって言ってんだろーがよ！』

黒帯がひときわ大声で罵《のの》ったかと思うと、小さい方の体がくるりと回転した。技の名前は知らないけれど、自分から飛んだかのように鮮やかに投げられて、ずどん、と重々しい音が響く。

『おら、寝てんなよ。お前のせいでチーム負けたら責任取れんのか。責任自覚しろよ責任を。おう、起きろ。やる気ねえなら帰るか？　辞めるか？　辞めるかって訊いてんだおい』

しかし倒れた男子は、畳に仰向けになったまま起き上がろうとしない。それどころか、動きもしない。

『先輩、あの』

近くにいた別の部員がおずおずと声をかけ、あいまいに手を伸ばす。しかし先輩と呼ばれた男子は彼の方を向きもせず、倒れた男子に背を向けて数歩歩きだす。そして突然振り返ったかと思うと、

『さぼってんじゃねえぞ！』

どすの効いた声を上げ、倒れている男子の胸を、踏みつけた。

ひっ、という声は、古城さんが上げたものだろう。スピーカーからは、にぶく、嫌な音が聞こえ、倒れている男子が悲鳴を上げる。画面は撮影者の動揺を伝えるように大きく揺れた。

先輩と呼ばれた柔道部員はさらに、もう一度踏もうというように足を振り上げる。倒れている男子は弱々しく手を持ち上げ、身を守ろうとしている。映像でもわかるほど、その顔色は尋常ではない。

『先輩！　まずいですよ！』

他の部員の声が今度は届いたのか、その足を下ろす。

『任せる』

倒れた柔道部員に数人が駆け寄り、そのうちの一人が叫び声を上げる。

『保健室！　先生呼んでこい、骨やってるかもしれん！』

先輩と呼ばれた男は不機嫌そうに立っていたが、やがてカメラに気づき、近づいてきた。

『おい、いつまで撮ってんだ、止めろ！』

画面はふたたび大きく揺れ、暗転した。


「噂は聞いてました」

と、コンピュータ部員が言った。

「去年までいたコーチは丁寧な指導をする人で、それでうちの柔道部は強くなったんだけど、辞めちゃって、いま柔道部にはコーチがいないんだって。顧問は柔道わからないからほとんど練習に顔を出すこともなくって、上級生が厳しく指導することになって、厳しいだけならいいけど……」

「あたしも知ってる」

古城さんも言う。

「すごく事故が増えたって聞いた。この文化祭でも、練習試合を見せるはずだったんだけど、直前に怪我人が出たから中止したって」

男子が動画の詳細情報を確認する。

「これ、撮られたの先週だ。怪我人が出たって、このことか」

投げられた相手が立てなくなるというのは、格闘技をやっている以上は、ありうることだ。うまく受け身が取れなくて、意識が飛んだのだろう。

ただ、倒れた相手の胸を踏みつけて怪我をさせるのは、練習中の事故とは言えない。事件だ。

これで、今日起こったことはおおよそわかった。

「柔道部は、動きを確認するために練習風景を撮っていたんだろう。そうしたらあんな場面が映ってしまった。撮影者か別の部員かはわからないけど、部の誰かが、この動画を外の人間に見てもらおうと考えたんだ」

「告発のためですね」

古城さんが言う。

「だろうね。いま、柔道部がこんなふうになってるってことを外部に知らせようとした。今日は文化祭で学外の人も来ているから、どこかで再生してたくさんの人に見てもらうつもりだったのかな。まあ、そこまで大胆なことはなかなか出来ないだろうから、校長先生にでも見てもらうつもりが、たまたま今日発覚したっていう方がありそうだけど」

「どっちにしても、録画データを持ち出したことがばれた」

「この学校の柔道部は秋季大会に出るんだってね。大会前にこんな動画が表沙汰になっては困る、と思った部員もいただろう。それで、追いかけっこになって」

「追いかけられた一年生は、逃げる途中でゆきちゃん先輩にぶつかった……」

一年生を追ってきた三人組も、柔道部員だろう。小佐内さんは内輪もめに巻き込まれたのだ。

古城さんが頭を抱え、机に肘をつく。

「こんなの見ちゃったら……あいつらに渡すなんて、できない。でも、ゆきちゃん先輩を助けないと……」

コンピュータ部員が、なぜかぼくに、

「ゆきちゃん先輩って？」

と訊いてくる。

「ああ。ぼくの友達で、いま、柔道部に捕まってるんだ。その子がこのCDを持ってると誤解されてね」

コンピュータ部員は、目を丸くした。

「……それ、すっごくやばくないですか」

それは、どうかな。

三人組がただの不良さんだったら、確かに極めて危険な状況だったけど、そうじゃないらしいからね。そのあたりのことをどう説明したものか。

「柔道部と取引しましょう！」

がばりと体を起こし、古城さんが叫ぶ。

「校内放送で呼び出して、CDはあるからゆきちゃん先輩を返せって言いましょう。もちろん、動画はコピーを取って、それから、それから」

そのときだ。

「それにはおぼやないわ！」

突然の声に振り返ると、開け放したままの入口に、妙に不敵な笑みを浮かべた女の子が腕組みをしてもたれかかっていた。ぼくたちは三者三様に声を上げる。

コンピュータ部員は、

「誰ですか！」

古城さんは、

「ゆきちゃん先輩！」

そしてぼくは、

「それには及ばないわ、だね」

小佐内さんは深く頷くと不敵に微笑み、低く落ち着いた声で、

「それには及ばないわ」

と言い直した。

8

文化祭は四時で終わり、そのまま後夜祭に突入する。グラウンドのボンファイヤーを皆で囲み、歌い、踊るそうだ。見てみたい気持ちもあったけれど、四時までに後片付けをしなくてはならないそうなので、ぼくたちは邪魔にならないよう早めに礼智中学を後にした。

顚末は、地下鉄の中で聞いた。

「男子たちに武道場に連れて行かれて、そうね、十人ぐらいに囲まれた。CDを出せってすごまれて、怖かった」

子供のころは遊園地のお化けやしきが怖かったとでも言うように、涼しい顔で言う。

「でも、わたし、これを持っていたから」

ボストンバッグを小さくしたようなバッグから出てきたのは、生徒手帳だ。

「そんなところかなと思っていたよ。でも、よく持ち歩いていたね」

「小鳩くんにはわからないわ。いつでも高校生だって証明できるように、生徒手帳を持ち歩く気持ちなんて」

うん。

ＣＤの動画が柔道部の練習風景であることを確認した時点で、小佐内さんは何事もなく帰ってくるだろうと予想がついた。学校は、内部で起きたトラブルに外部の人間が絡むことをひどく嫌うという特徴を持っている。それは個々人によって程度の差はあっても、教師であれ、生徒であれ、一般に見られる傾向だ。市外どころか県外からやって来た高校生という、完全に礼智中学の外側の人間に対して、柔道部が強圧的に出てくる可能性は低いと思っていた。まあ、生徒手帳なんていう切り札を持ち歩いているとまでは予想しなかったけど。

「わたしが高校生だって知っても、信じたくなかったのか最初は嘘だって言ってたけど、そのうち青菜に塩みたいにしおしおしちゃって。いちおうバッグの中をもう一度見せてくれって言われて、見せてあげたら、帰っていいですって言われた」

「信じたくなかったんじゃなくて、信じられなかったんじゃないかな」

ちょうど地下鉄が駅に近づき減速するタイミングだったので、ぼくの呟きはブレーキ音にまぎれて、小佐内さんには届かなかったようだ。

「……小鳩くんはＣＤを見つけたら、それを再生できる場所に行くと思ったから、コンピュータ部に行ったの。小鳩くんたちが動画を見てるとき、わたし、後ろにいたのよ。でも気づいてくれないいんだもん」

「だから、あんな決め台詞《ぜりふ》を言ったんだ」

「いちどやってみたかったのよ」

あ、照れない。

ふたたび動き出した車内に、次は名古屋駅というアナウンスが流れる。

「でも、よかったの？」

そう訊くと、小佐内さんは不思議そうな顔をした。

「よかったかって、なにが？」

「あの動画のこと」

小佐内さんは動画のコピーも、原本のＣＤもいらないと言った。実のところ、少し意外だった。小佐内さんなら、あの動画のいちばん効果的な使い道を見つけるだろうと思ったのだけど。

「マシュマロを台無しにされたんでしょ？」

「ああ」

地下鉄の真っ黒な車窓《しやそう》を見つめて、小佐内さんはなんでもないことのように言う。

「小鳩くんの言いたいことはわかる。マシュマロもそうだけど、最後にもう一回カフェに行ってニューヨークチーズケーキを食べて、古城さんたちにありがとうって言って帰るつもりだったのに、ぜんぶだめになった。とても残念なことだわ」

やっぱり、なにも気にしていないわけではなかったらしい。それなのに小佐内さんは、礼智中学柔道部の弱味を受け取らなかった。

「彼らを許してあげるんだね。小佐内さん、立派だよ。とてもすてきな小市民だ」

ぼくの心からの賛辞に小佐内さんははにかみ、だけど、ちょっとそっぽを向いた。

「ありがとう。……でも、小鳩くんはちょっと誤解してる。わたしはCDを受け取らなかったんじゃなくて、コンピュータ部に残したの」

小佐内さんの意図をはかりかね、ぼくは黙って先を促す。

「コンピュータ部にはコンピュータがあって、手元にあんなひどい動画があって、コンピュータ部の子はいまの柔道部をこころよく思っていない」

ああ、そうか。

「流すかもね、ネットに」

黒髪に指を絡ませ、小佐内さんはなにも見えない車窓を見ている。その真っ黒な窓は鏡のように小佐内さんの横顔を映し出している。

「きっとそうなる。気配を感じたもの」

気配と来たか……。

あの動画が広まれば、礼智中学校柔道部の名声は地に落ちる。秋季大会への出場だってかなうかどうか。だけどそこまで落ちれば、後はよくなるかもしれない。顧問がもっと練習に立ち会うようになったり、新しいコーチが来たりするかもしれない。最悪廃部になっても一年生たちはいまの環境から逃れられる。

地下鉄が名古屋駅に近づき、減速が始まる。小佐内さんはたぶん、車窓に映る自分の顔をぼくに見られていることに気づいていない。そうでなければ、こんな表情をするはずがないのだ。

こんな……冷めきった笑顔を。窓に映る自分に、小佐内さんは囁いた。

「だからわたし、なにもしなかったのよ」

伯林《ベルリン》あげぱんの謎

1

年の終わりが見えてきたある日の放課後、ぼくはアンケートの回答用紙を持って新聞部の部室に向かっていた。アンケートの内容は校則改正の是非を問うもので、回答は任意だとはいえ、ぼくたちは答えてもいいし答えなくてもいいという自由に慣れていないのでクラス全員が回答していて、締切はまだ先だけれど、回答が揃った以上は提出を先に延ばす理由もない。ところでぼくがそれを新聞部に持っていくことになったのは、放課後の教室で遅めの帰り支度をしていたところ、クラス委員の某君から「小鳩《こばと》、新聞部の堂島《どうじま》と仲がよかったよな。悪いけど持っていってくれないか」と頼まれたからだけれど、ここには大きな謎が二つある。どうしてクラス委員がぼくの人間関係を知っているのかという点と、どうして彼はぼくと堂島健吾《けんご》は仲がいいと誤解したのかという点だ。首を傾《かし》げながら西日射《さ》す廊下を歩いていると、窓際にたたずむ女子生徒に気がついた。ボブカットをかすかに風になびかせ、窓の桟《さん》に腕を乗せて暮れていく外を見つめているのは、誰あろう小佐内《おさない》さんだ。小佐内さんは放課後の廊下でポーズを決めるようなひとではないから、いったいどんな趣向かと思って声をかけた。

「小佐内さん」

振り返った表情を見て、ぼくは立ち止まってしまう。小佐内さんの目からは、涙がこぼれていたのだ。頬はわずかに上気し、くちびるは紅《べに》を引いたように赤い。これはただ事ではないと一目でわかったけれど、かけるべき言葉が見つからない。絶句したぼくの前で小佐内さんは小指を立てて目尻を拭《ぬぐ》い、

「ああ、小鳩くん」

と、無理のある気丈さで笑ってみせた。すぐにそっぽを向くと、どことなく呂律《ろれつ》のまわらない声で呟《つぶや》く。

「驚いたでしょう。ごめんね、わたし、みっともないね」

「あの……なにかあったの？」

「なんでもないの。ごめん、今日はもう帰る」

そうして踵《きびす》を返し、小走りに廊下を遠ざかっていく。ぼくは小市民への夢を心に抱きつつ、それでも隠された事実を解き明かすことが苦手な方ではないと自負しているけれど、さすがにいまの短いやり取りからでは、小佐内さんになにか悲しいことがあったのだろうということしかわからない。どうやら、ぼくの出る幕ではないのだろう。

後から思えば、出る幕ではなかったのはぼくではなく、小佐内さんの方だったのかもしれない。この後ぼくはある奇妙な出来事に遭遇し、はからずも解決を試みることになるのだけど、その過程のすべてにおいて小佐内さんは一切登場しなかったからだ。ぼくが謎に向き合うとき小佐内さんが近くにいなかったというのは、互恵《ごけい》関係を誓って以来、実は初めてのことだったように思う。

2

新聞部は、一階の印刷準備室を部室に使っている。ドアは開けっぱなしになっていたので、用事を済ます前にちらりと中の様子を窺《うかが》ってみた。

整理の行き届いていない空間だということはなにかの折に堂島健吾から聞いていたけれど、実際のそこは想像以上に混沌《こんとん》に満ちていた。紙、紙、紙、ホワイトボード、そしてまた紙、紙、紙、どういう謂《い》われがあるのか、小さいながら冷蔵庫まである。入口の真正面、さして広くもない部屋の中央には大テーブルが据えられ、左右の壁際のわずかなスペースには一人用の机や椅子もいくつかねじ込まれていた。

大テーブルの上には、白い皿が一枚置かれている。その皿を覗《のぞ》き込むようにして、四人の生徒が難しい顔をしていた。そのうちの一人、知らなければとても新聞部員には見えない偉丈夫《いじょうぶ》の堂島健吾がぼくに気づく。

「なんだ、常悟朗《じょうごろう》か。どうした」

どうしたとはご挨拶《あいさつ》じゃないか。

「新聞部が配ったアンケートを持ってきたんだ」

「ああ」

殊勝《しゅしょう》にも、健吾はばつの悪そうな顔をした。

「そうか、悪かった。ずいぶん早いな」

「新聞部で回収してくれればいいのに」

「それが筋なんだろうが、全クラスまわるには人手が足りないんだ」

アンケート用紙を渡して、用事は済んだ。さて帰ろうと思ったけれど、部室の雰囲気がなんだかおかしい。そもそも机を囲んで四人が黙りこくっているというのが意味ありげだし、気のせいか、どこかお互いに探り合うような目をしている。これはなにかあったなと思って目顔で健吾に問いかけると、健吾は腕組みをしてちょっと溜め息をついた。

「……常悟朗。いま、暇か」

「特に予定はないけど」

「そうか。実は少し困っている。よければなんだが、相談に乗ってくれないか」

ぼくは小佐内さんと共に小市民の道を歩むことを誓っている。小市民たるもの、無関係の団体の困りごとに軽々しく首を突っ込んだりはしない。

けれど、ほかならぬ堂島健吾に助けを求められたとあらば、まことにやむを得ない。苦渋の決断だけれど、少しでも健吾の力になれるのなら、どんな相談でもおやすいご用だ。

「いいとも、なにがあったの」

「嬉《うれ》しそうな顔しやがって……」

そんなことはないよ、苦渋の決断だよ。

部室にいるほかの三人は、健吾に非難がましい視線を送っている。どんなことがあったのか知らないけれど、独断で部外者に相談を持ちかけたのだから不快に思うのは当然だろう。ちょっとふっくらした体型の男子が、言葉にも苛立《いらだ》ちを滲《にじ》ませた。

「おい堂島、どういうことだ、話すのか」

「別に秘密にすることじゃないし、このまま睨《にら》み合ってるよりはましだろう。ひとに話すうちに、俺たちも頭の中を整理できるかもしれん。それに……この小鳩常悟朗は、時々だが、妙なことに気がつかないこともない」

評価の仕方が迂遠《うえん》すぎる。男子はまだ不満そうだけれど、健吾と言い争いをしたいわけでもないらしく、「なんだよそれ」と呟いたきりなにも言わなくなった。

「真木島《まきしま》と杉《すぎ》はどうだ。こいつに相談してもいいか」

ふたりの女子は顔を見合わせると、背が高くて細身の方が短く答えた。

「いいんじゃない」

「よし、決まりだ」

そう頷《うなず》くと、健吾はまず、まだ手に持ったままのアンケート用紙を壁際の書類の山に積んだ。

次に、大テーブルに置かれた皿を指さして、重々しく言う。

「問題はこれだ」

丸皿で、白く、直径は二十センチほどで、上にはなにも乗っていない。

「ああ、つまりこれは……皿だね」

「黙って聞け」

はい。

「俺は知らなかったんだが、世の中にはベルリーナー・プファンクーヘンという菓子があるそうだ」

黙って聞けと言われたばかりだけど、黙っていられなかった。

「ベル……なんだって」

「ベルリーナー・プファンクーヘン」

「ごめん、もう一回」

「ベルリーナー・プファンクーヘン」

ぼくの耳が特に悪いというわけではないと信じたい。健吾が少し早口で、よく聞き取れないのだ。

「ベルリーナー……?」

健吾は諦《あきら》めたように首を振る。

「ドイツ風の揚《あ》げパンだ」

なるほど、よくわかった。

「名前の通りベルリン名物で大きさはふつうゲンコツ大、パンはただ揚げただけじゃなく、中にジャムを入れている。年末なんかにこの揚げパンをたっぷり用意して、いくつかにはマスタードを詰め、みんなで食べて誰にマスタード入りが当たるか遊ぶゲームがあるそうだ」

「どこでも同じような遊びがあるもんだね」

「最近、学校の近くにドイツパンの店がオープンした。この揚げパンも扱っているっていうから、世界の年越しってテーマで十二月号に取り上げるつもりで取材を申し込んで、快諾してもらった。それで、ただ話を聞くだけじゃなく実際にそのゲームをやってみて、マスタード入りに当たったやつが記事を書くことにしたんだ。揚げパンを人数分調達して、この皿に置いた」

それで、テーブルに皿が置いてあるのか。

「で、みんなでいっせいに食べた」

合図とともにジャム入り揚げパンを頬ばる健吾を想像すると、なんだかそれだけでちょっとおかしい。もっとも健吾はこう見えておいしいココアの作り方にこだわるような男だから、甘いものはそこそこいける口なのだろう。

「おいしかった？」

そう訊《き》くと、なぜか健吾は渋面《じゅうめん》になった。

「そいつが問題でな」

「おいしくなかったのか」

「いや、旨《うま》かった」

「じゃあ問題ないじゃないか」

「だから、問題はあったんだよ。いいか、全員が旨かったと言ったんだ」

ぼくは思わず、大テーブルを囲む残りの三人に視線を走らせた。みな、どこか納得しかねるような顔をしている。健吾が語気を強めた。

「そんなはずはない、誰かにはマスタード入りが当たったはずだ。なのに、当たったやつが言い出さない。下らない冗談はやめろと言っても、皆、自分じゃないと言い張ってる」

ふっくらした男子が横から口を挟む。

「堂島を含めてな」

健吾は重々しく頷いた。

「そうだ。俺を含めて」

そして健吾は、ぼくに訊いてきた。

「常悟朗。『当たり』の揚げパンを食べたのは誰なのか、当てられるか？」

ぼくは健吾に謝りたくなった。新聞部が月に一回発行する月報船戸《ふなど》は、誰でも知っている体育祭の結果や修学旅行の行き先を面白みのない文章で書く、毒にはならないが薬にもならないものだと思っていた。それが年末特集のために、どこでも売っているわけではないだろうドイツ風揚げパンを手に入れてレポートをするだなんて、まったくのところお見それしていたというものだ。その企画の危機だというなら、これはお役に立ってみせようじゃないか。

「わかった。ぼくに当てられるかどうかはわからないけど、いろいろ聞かせてよ」

謙虚にそう言って、まずはここにいる四人の名前を確認させてもらう。

言わずもがなの堂島健吾。

ふっくらした体型で、時々不満げになにか呟いている男子が、門地《もんち》譲治《じょうじ》。

背が高くて細身で、顔つきにも素振《そぶ》りにもぼくへの不信感を隠さない女子が、真木島みどり。

小柄で丸眼鏡をかけ、事態の成り行きに戸惑《とまど》っている感じの女子が、杉幸子《さちこ》。

健吾以外の三人も皆、新聞部所属の一年生だそうだ。彼らが「容疑者」になる。ちらりと時計を見ると、四時四十五分だった。

「揚げパンを食べたのは、この四人だね」

健吾は頷いた。

「試食するとき、お皿の上にある揚げパンは四つだったんだよね」

「そうだ」

「そして、マスタード入りは一つだけだった」

「ああ」

簡潔なやり取りが出来るのは健吾の大きな美点だけれど、いまはもう少し慎重さが欲しい。

「ごめん健吾、健吾が間違いなく知っている範囲で答えてくれないか」

健吾は少し眉をひそめたけれど、すぐに頷いて言い直す。

「悪かった。俺たちが揚げパンを試食するとき皿の上にあった揚げパンは四つで、そのうちの一つにはマスタードを入れておく手筈《てはず》になっていた。真木島、門地、杉、俺の四人で揚げパンを一つずつ食べたが、マスタード入りに当たったと言ったやつはいなかった。それから皿は動かしていない」

「わかった。ありがとう」

さて。

今回ぼくが頼まれたのは、マスタード入り揚げパンを食べた、いわば「犯人」を当てることだ。ぼくは、一見不可解に見える出来事を筋道が通るように再解釈したり、ひとが隠していることがなんなのか推測したりすることは、それほど苦手な方ではない。だけど、推測だけで百パーセント完全に犯人を当てることは困難を極める。極端な話、謎の怪盗が新聞部員に催眠術をかけてマスタード入り揚げパンを持ち去った可能性すらゼロではないし、そこまで突飛な話でなくても、単に誰かが致命的な勘違いをしているだけということは充分にあり得る。すべての可能性を等価に扱い、すべての発言を真偽不明だと考えていては、充分な確度で犯人を指摘することは不可能だ。だからぼくは、自分の中でいちおうの前提を定める。

ひとつ。健吾が断言したことだけは、間違いなく事実だと信じることにする。

ひとつ。この事件に超常現象はいっさい絡んでいないと考える。

ひとつ。犯人の行動には彼または彼女なりの合理性があると認める。

この三点を守った上で現時点でも考えられる可能性はいくつかあるけれど、ここは性急にならず、条件を固めていこう。

まずはこの部屋の内部を確認する。

ここは校舎の一階に位置する新聞部の部室で、部屋の名前は印刷準備室だ。隣の部屋が印刷室だけれど、印刷室とこの準備室を繋《つな》ぐドアは、なんと存在していない。廊下に出ればすぐに印刷室に行けるので、別に問題はないということだろうか。ドアは引き戸で、ぼくが来たときから開けっぱなしになっている。

ドアから見ると、部屋は幅が狭く奥行きが広い。ドアの真正面にはカーテンが引かれた窓があり、部屋の真ん中に大テーブルが鎮座している。大テーブルの上はきれいに片づけられ、置かれているのは揚げパンが乗っていたという白い皿だけだ。

壁際には段ボール箱や書棚が並び、そのどこからも紙が溢れ出ていた。ドアから見て右の壁際に一台、左の壁際に一台、正面の窓際にも一台、教室に置いてあるものと同じふつうの机が置かれている。それぞれの机の近くには椅子もあるけれど、窓際の机の近くにだけは、椅子が見当たらない。それぞれの机の上には紙や写真が散らばっているのが見て取れた。

右の壁際にはホワイトボードが置かれ、十二月号の目次らしい文字列が並んでいる。「世界の年越し」と書かれた大見出しに並んで、「ドイツのベルリーナー」と書かれているのが、今回問題になっている揚げパンのゲームのことだろう。左の壁際には、さっきから気になっているのだけど、冷蔵庫がある。ぼくの視線に気づいたのか、健吾が訊いてきた。

「なんだ。冷蔵庫が気になるのか」

「そりゃあ、まあ、ね」

「なんであるのか、誰も知らないんだ。電源も入っていないぞ」

新聞部しか使えない冷蔵庫の電気代を学校が払ってくれるわけもないから、電源が入っていないことは不思議だと思わない。不思議なのは、じゃあ、どうして置かれているのかということだ……。とはいえ、揚げパンの謎と関係があるとは思えないけれど。

部室の中はひととおり確認した。改めて健吾に訊く。

「揚げパンの形と大きさを教えてもらえるかな」

健吾は、親指と人差し指で輪を作った。直径は五百円玉よりひとまわり大きいぐらいか。

「このぐらいの大きさで、球形だ。色は茶色で白い粉がかかっていた」

真木島さんが険《けん》のある声で言う。

「白い粉じゃなくて、粉砂糖でしょ」

「俺はそうだと思ったが、間違いなく知っている範囲で答えろと言われたもんでな」

この実直さにはいつも感服する。それはそれとして、

「さっき、ゲンコツ大って言ってなかったっけ。ずいぶん小さいんだね」

健吾が作った指の輪は、お祭りの屋台で売られているミニカステラぐらいの大きさだ。

「ああ。ふつうは、もっと大きいらしい。取材をお願いした店で、子供向けの小さいサイズのものを試作していると言っていたから、それをわけてもらうことにしたんだ。ふつうのサイズのだと食べているうちにマスタードが見えてしまうからな、一口で食べられる小さいサイズの方が都合がよかった。……予算も節約できるしな」

「というと……ゲームに使った揚げパンは、非売品なんだね」

「そういうことになる」

誰かが客を装って、同じ大きさの揚げパンを手に入れることは難しかったようだ。

「味にバリエーションはあったのかな。チョコ味とか、オレンジ味とか」

「……わからん。試作品だけに、試行錯誤中かもしれん。断定は出来ない。見た目はどれも同

じだった」

「ほかに気づいたことはある？」

「揚げパンの底面、つまり白い粉がかかっている部分の反対側に小さな穴が空《あ》いていた。推測を言ってもいいか？」

「どうぞ」

「あれは、ジャムを入れたときの穴だろう。マスタードもそこから入れたんじゃないかと思う」

「なるほど、そうだろうね」

門地くんが「そこまで慎重になることかよ」と呟いている。まあ、ふつうは迂遠すぎると思うだろうけれど、ぼくにとっては健吾が事実と推測を峻別《しゅんべつ》してくれるのは頼もしい限りだ。

揚げパンについては、こんなところだろうか。じゃあ、次だ。

「試食したのはついさっきなんだよね？」

「ああ。四時半過ぎってところだな」

「この四人で試食したことは聞いたけど、そのとき、ほかに誰かいなかった？」

「試食した瞬間に、か。じゃあ、間違いなくこの四人だけだ」

ちょっと引っかかる言い方だ。

「ほかのタイミングには別のひともいたってこと？」

「ああ。揚げパンをもらってきたのは、二年の洗馬《せば》先輩だからな」

「そのひとは」

「すぐに帰った。いや、すまん、俺は見ていない。すぐに帰ったはずだ。なんでもバンドをやっていて、今日はライブに出るらしい。たしかボーカルじゃなかったか」

「へえ……」

この学校にはさほど変わり者はいないと思っていたけれど、新聞部とバンドボーカルのかけ持ちとは、面白いひともいたものだ。バンドの音楽傾向も知りたいところだけれど、さすがに揚げパンの謎とは関係がないだろうから省略する。

「その洗馬先輩以外には、この部屋に第三者は入っていないんだね」

頷きかけて、健吾はむすりと言った。

「少なくとも俺は見ていない。誰か見たやつはいるか？」

ほかの三人も、答えは同じだった。

これで概《おおむ》ね、基本的な状況はわかったと思う。次に訊きたいことも決まっているけれど、ちょっと容疑者たちの前でははばかられる。

「健吾、少し相談したい。廊下で話そう」

「……わかった」

三人の冷たい視線を感じながら廊下に出ると、健吾も後からついてきた。秋の日は暮れかけて、窓から見える空は赤い。グラウンドから、野球部が金属バットでボールを打つ甲高《かんだか》い音が聞こえてくる。

「それで?」

健吾が短く訊いてくるので、ぼくも端的に答える。

「誰に動機がある?」

動機があってもなくてもそれで犯人だと決めつけられるわけじゃないけれど、やっぱり訊かないわけにはいかないし、もしかしたら有益な情報が転がり出てこないとも限らない。健吾は眉根を寄せた。

「そいつは難しいな」

「推測でいいよ」

「あたりまえだ。ひとの内心を事実として話せるわけがないだろう」

腕を組み、健吾は唸《うな》った。

「正直に言って、そんな動機が誰かにあるとは思えん。だから、みんな薄気味悪く思ってる」

「当たりを引いたら、記事を書かなきゃいけないんだろ。それが嫌だったんじゃ?」

「当たりを引かなかったからって、なにも書かなくていいってわけじゃない。単に、そいつが揚げパンの記事の担当になり、ほかのやつはほかの記事を書くだけのことだ」

「どうしても揚げパンの記事を書きたくないひとがいたとか……」

ぼくの当てずっぽうに、健吾は首を横に振った。

「強制参加じゃないんだ。さっき話した洗馬先輩は辛いのがぜったい駄目だと言って断ったし、部長はメインの記事を書くから参加してない。もうひとり一年生の部員がいるんだが、そいつも不参加だ」

「二年生は、洗馬先輩と部長の二人だけ?」

「そうだ」

一年生五人に、二年生二人か。学年構成がアンバランスな部活だと考えるべきか、入りやすいけど辞めたくなる部活だと考えるべきか。

「その一年生が参加しなかった理由は、なにかあるのかな」

「飯田《いいだ》っていう男子で、週に一度来るか来ないかの準幽霊部員でな。そいつがたまたま部室に顔を出したとき、俺たちだけで揚げパンを食べていたら気まずいだろう。だからいちおう、事前にこういう取材をすると伝えて、参加するかどうか訊いた」

「理由なく参加しないって返事が来ても、不思議はないわけだ」

「ああ。やめとくよ、とだけ言われた」

「連絡は健吾が直接したんだね」

「クラスが同じだからな。今日、授業が終わったあとも教室で話したんだが、やっぱり塾があるから部活には行けないと言っていた。昇降口まで一緒に行って、帰るのを見送ったよ」

取材が自主参加だったというなら、当たりを引いたのに自己申告しないというのはたしかにわけがわからない。自分が当たりを引くはずがないと根拠もなく思い込んでいて、いざ当たったときに慌てておとぼけを決め込んだのだろうか。まさかね。

もうひとつ、健吾だけに訊きたいことがあった。

「それで、ぼくに話したのはどうしてなのかな」

健吾は怪訝《けげん》そうな表情になった。

「どうしてって、どういうことだ。当たりを引いたのが誰か、なんとか知りたいだけだ」

そして、言わなくてもいい一言を付け加える。

「藁《わら》にもすがる気持ちでな」

大船に乗ったつもりでいろと言うつもりはないけれど、ずいぶん言ってくれるじゃないか。

「そう、藁にもすがる気持ちで犯人を知りたい特別な理由が、なにかあるのかなと思っただけだよ。こう言ったら元も子もないけど、無理に犯人を当てなくても、記事を書くひとはじゃんけんかなにかで決めたらいいんじゃないのかな」

本当にじゃんけんで決着がついたらぼくは少々物足りないけれど、それも一つの解決策ではある。

健吾は苦り切って、

「痛いところを突きやがる」

と吐き捨てた。

「ここまで言うつもりはなかったんだがな……」

「なにかあるんだね」

「ひとには言うなよ」

もちろんだとも。

小さく溜め息をつき、健吾は腕を組む。

「この企画は、真木島が提案したんだ。学校の近くにドイツパンの店がオープンしたのを見つけた、そこではベルリーナー・プファンクーヘンを売っていて、ドイツではこいつを使って年末にゲームをやるらしい。ついてはこれを記事にしたらどうかって言ってな。企画は通ったんだが、実はいま、真木島と門地がうまくいっていない。理由はわからんが冷戦状態で、それだけに真木島は、当たりを引いた門地が企画を潰すために黙っているぐらいのことは考えかねない。門地だって疑われていることを察したら面白くないだろうし、二人が本格的に角突き合わせたら、杉はたぶん真木島の側につく。このまま犯人がわからなかったら、新聞部が空中分解しかねん。こいつは見た目より深刻な問題なんだ」

ぼくは目を瞠《みは》った。

「健吾……けっこう、気を遣うんだね」

「お前、俺をなんだと思っているんだ」

ひとを見かけで判断してはいけないが、このいかつい堂島健吾がそんな気配りをしていると
は、正直なところ想像もできなかった。これはちょっと、反省するべきかもしれない。

最後に、もう一つだけ訊く。

「いちおう確認しようか。健吾が食べた揚げパンは、当たりじゃなかったんだよね」

健吾は一瞬目を見開いたが、すぐに落ち着いて、

「ああ。俺が食べたのは『当たり』じゃない」

と答える。健吾が断言したことは事実だと信じるのが、今日のぼくが掲げている前提だ。そ
の前提に従えば、この後でどれほど状況が錯綜《さくそう》したとしても、健吾だけは「当たり」を食べて
いないことが確定する。

残り三人だ。

部室に戻ると、三人は変わらず、大テーブルを囲んでパイプ椅子に座っている。椅子はもう
一つあったけれど、ぼくが座るのも健吾が座るのもおかしい気がするので、ぼくたちは立った
ままでいた。突き刺さるような視線を受け流し、ぼくは殊更《ことさら》に明るく振る舞う。
「健吾から聞いたよ。二年生は二人だけで、一年生はもう一人いるんだってね」
本当はもっといろいろ聞いたけれど、もちろん黙っておく。改めて観察すると、たしかに真

木島さんと門地くんは目を合わそうともせず、杉さんは両者の顔色をうかがっておどおどするばかりだ。

ばかばかしいと言わんばかりに、真木島さんが訊いてくる。

「そんなこと聞いたって、なにもわからないでしょ。わたしは当たりを引いたのが誰かってことだけ知りたいの」

「『犯人』については、まだなんとも言えない」

ふん、と鼻を鳴らされた。それが悔しかったわけじゃないけれど、ぼくは言葉を続ける。

「だけど、見通しは整理できた。犯人が名乗り出ない理由は、いまのところ三つに大別される」

「三つ？」

ぼくは人差し指を立てた。

「一つ。揚げパンの中には、もともとマスタードが入っていなかった。だから誰も当たりを引いていない」

「そんなの……！」

真木島さんが抗議しようとするのを無視して、今度は中指を伸ばす。

「二つ。マスタードは入っていたけれど、食べたひとがそれに気づかなかった」

杉さんが首を傾げた。

「みんなよく味わってたよ……？」

大テーブルを囲む三人を見まわし、最後に薬指を立てる。

「三つ。この中の誰かが、当たりを引いたけれど言いたくない、隠された動機を持っている」

「隠された動機だと」

敏感に反応したのは門地くんだった。

「どういうものを想定して言ってるのか、聞かせてもらおうか」

「それはわからないけど、たとえば……犯人はものすごく験《げん》を担いでいて、自分がマスタード入りを引いたことを受け入れられなかったとか」

「ふざけてるのか」

「内心を事実として話せるわけなんてないからね」

さっきの健吾を真似てそう言うと、門地くんはぶつぶつ言いながらも引き下がり、健吾は渋い顔をした。

指を三本立てた自分の手に目をやって、ぼくはもう一つ、当然検討するべき可能性が残っていることに気がついた。四本目の指を立てる。

「もう一つ、外部犯の可能性もあるね」

すぐに健吾が反応した。

「それはないだろう。俺たちは四人、揚げパンは四つだった。外部犯が来たってなにもできない。……まさか、マスタード入りをふつうの揚げパンと交換したなんて言うなよ。さっきも言ったが、揚げパンは非売品なんだぞ」

門地くんも舌打ちして言った。

「おれはここでずっと原稿を書いていたんだ。トイレにも行かなかった。誰か来たら気づいたはずだ」

「ここで、っていうのは、まさにその席で？」

大テーブルに向かって座っている門地くんは、苛立たしげに手を振ると窓の方を指さした。たしかに窓の近くに机があるけれど、椅子はない。

「あの席だよ。ひとの出入りに気づかないわけないだろ」

「椅子が見当たらないけど」

杉さんが、おそるおそるといったふうに割って入る。

「いま、わたしと真木島さんが使ってる」

続けて健吾が、

「俺が来たとき、門地はたしかに原稿を書いていた」

と断言した。疑うわけじゃないけれど、記憶を確かめてみる。

「門地くんは部室の内側に向かって座っていた？　それとも、窓に向かってだった？」

「どっちでもなかったな。窓に対して体の横を向ける形で座っていたぞ。俺が入ったら、すぐにこっちを見た」

迷いのない答えだ。そして、真木島さんが声を荒らげた。

「もし外部からひとが来たとしても、黙って勝手に机の上のものを食べたりしないでしょ、常識で考えて」

常識で考えたら、誰がマスタード入りを食べたかわからないなんて事態が起きるはずがない……と言い返したいところだけど、真木島さんの言うことにも一理ある。あの小佐内さんだって、よその部室に置いてあるお菓子を無断でつまんだりはしないだろう。

「揚げパンは四個だけで、出入りは監視されていた上、勝手によその部活の机の上からものを食べたりしない、か。既にずたぼろだけど、ほかに外部犯説を否定する根拠があれば聞かせてほしい」

健吾はじっくり考え、断言した。

「いや、その三つだ。不足か？」

「まさか。外部犯説は取り下げるよ」

大テーブルに手を置く。

「じゃあやっぱり、この中に当たりを引いたひとがいるってことになる。隠された動機ってのは後にまわして、とりあえずマスタードの事実関係だけでも調べてみようかな」

「マスタードは入ってなかったというやつと、マスタードに気づかなかったというやつか」

健吾が訝《いぶか》しげに呟く。

「前者は、あり得んとは言い切れんか。だけど後者は無理がないか」

「マスタードは、意外と強烈な味はしないものだからね。犯人はなにか勘違いして、揚げパンはこういう味なんだと思っているのかもしれない。マスタードはお店で入れてもらったの?」

それは杉さんが教えてくれた。

「あ、違う、ヘンチョ先輩が家庭科部で入れてもらったはず」

「ヘンチョ? それ苗字?」

「ええと、それも違って、編集長。洗馬先輩のこと」

洗馬編集長バンドボーカル先輩か。編集長と部長が違うというのも、ちょっと面白い。新聞部の人事に思いを馳《は》せつつ、更に訊く。

「じゃあ、ジャムの代わりにマスタードを入れたわけじゃなくて、ジャムが入っているところにマスタードを足したんだね」

杉さんはこくりと頷いた。変な味になっただろうなあ……。

「家庭科部に確認する必要がありそうだね。それから、このお皿は新聞部の備品なのかな」

健吾が首を傾げた。

「違う。たぶんだが、家庭科部から借りてきたものじゃないか」

「それも確かめよう。とりあえずいまは、味の感想を紙に書いてみるのはどうかな。ほかのひとのを参照できないようにそれぞれ揚げパンがどういう味だったかを書いて突き合わせ、一人だけ明らかにマスタードっぽい味の感想を書いていたら、そのひとが無自覚に当たりを引いたと考えていい」

あらぬ方を向いて、真木島さんが髪をさわっている。

「じゃあ、そうしましょ」

提案をあっさり受け入れてもらえたということは、多少は評価して頂けたのだろう。

「健吾、家庭科部の部室って、やっぱり家庭科室かな」

「ああ。行ってくれるのか」

「みんなが味を書くあいだ、暇だからね。行ってくるよ」

「悪いな。頼む」

そう言うと、健吾はほんのちょっとだけ頭を下げた。

3

家庭科室は、新聞部の部室と同じく一階にある。二、三分で着いた。

シンクや調理台が並ぶ家庭科室は、いいとも嫌ともつかない一種独特の匂いがある。広々とした空間の片隅で、体操着に身を包んだ男子がひとり、立ったまま包丁を研《と》いでいた。ドアを開けるときの音でぼくが入ってきたのはわかっているはずなのにこちらを見ようともせず、しゃっ、しゃっと砥石《といし》の音を立て続ける。学年がわからないので、丁寧に呼びかけた。

「すみません。ちょっといいですか」

男子は手を止めて、うっそりと顔を上げる。いかつい顔を不機嫌に歪め、招かれざる客であるぼくを睨んでくる。

「なに?」

ええと、なんて名乗ろうかな。

「新聞部の方から来ました」

嘘ではない。

とたん、男子は破顔した。いたずらっぽい笑みを見るに、はじめ機嫌が悪そうだったのは、刃物を扱うのに集中していただけなのかもしれない。包丁を置いて、手を布巾《ふきん》で丁寧に拭いている。

「ああ。どうだった?」

「どう、っていうのは」

「ベルリーナーのことで来たんじゃないのか」

事情は知っているようで、それなら話は早い。新聞部で起きたことをどこまで話そうか迷ったけれど、別に隠すようなことじゃないと健吾も言っていたし、話を聞かせてもらうのにこっちの話を伏せるのはフェアじゃない気がして、取りあえず大雑把《おおざっぱ》なところを伝えることにする。

「そうなんですが、実は新聞部で揚げパンを食べたのに、誰もマスタード入りが当たったと言い出さなかったんです。それで、本当に入っていたのか確かめたいと思って来ました」

男子は、にやにやとしている。

「マスタードは入れてないよ」

おお?

「どういうことですか」

勢い込んで尋ねると、男子は少し怪訝そうな顔をした。

「あんまり事情を共有してないみたいだな」

「実はそうなんです。洗馬先輩が家庭科部に頼んでマスタードを入れてもらったはずだと言われたんですが、違うんですか」

「ああ、違う。そうだな、まあ、最初から話すか」

そう言うと、男子は手近な椅子を引いて、ぼくにも座るように勧める。言葉に従うと、彼はそんなに入り組んだことじゃないんだがと前置きをした。

「昨日洗馬から相談されて、ベルリーナーにマスタードを詰めてくれと言われた。そのつもりでいたんだが、実際にベルリーナーを持ってきた洗馬に、詰めるマスタードは粒マスタードがいいかイエローマスタードがいいか訊いたら、どっちでもいいから辛いやつと言われたんだ。困ったよ、どっちもたいして辛くはないからな」

実は、そこは気になっていた。洗馬先輩は「辛いのがぜったい駄目」だから揚げパンの試食には加わらなかったそうだけど、ぼくのイメージだと、マスタードは独特の風味と酸味がありこそすれ、それほど辛いものではないのだ。

「それで、マスタードを入れたいのか辛いものを入れたいのか決めてくれと言ったら、あいつは少し考えて、辛いものを入れてくれと言った。だから、そうした」

「辛いものというと、なんですか」

「タバスコだよ。それも、激辛のやつ」

男子は立ち上がって、家庭科室の後方にある戸棚から黒い瓶を持ってきた。

「正確に言えば、タバスコは商品名だからこれはホットペッパーソースってことになる。世にあるホットペッパーソースの中で最高に辛いってわけじゃないが、おれが旨さを感じられる範囲の中では、まあいちばん辛いな」

瓶には真っ赤なラベルが貼ってあり、そこにはアルファベットで英語ではない言葉が書かれている。言葉の意味はわからないが、どくろマークが描かれているのを見れば、危険なほどに辛いことをアピールしているのだろうということは察しがつく。

「このソースを揚げパンに振りかけたんですか」

「そんなことをしたら見た目でばれるだろう。ベルリーナーをいったん小鉢にとって、ジャムを入れる穴からスポイトで垂らしたんだよ。ほんの二、三滴だが、そうとう効くはずだ」

揚げパンに入っていたものは、マスタードではなくタバスコだった……。それが、犯人当てにどんな影響を及ぼすだろうか。あるいは、別になにも変わらないのか？　これは、意外と入り組んだ事件なのかもしれない。

「……もう少し訊いてもいいですか」

男子は手を広げた。なんなりと訊けという意味のジェスチャーだろう。

「洗馬先輩は、とにかく最初は、マスタードを詰めてくれと頼んだんですよね。昨日、先輩が直接ここに来て話したんですか」

「そうだ。向こうの用件だけまくしたてて行っちまったから、希望のマスタードの種類は訊けなかった」

「そして今日、揚げパンを持って、また来た」

「ああ。正確に言えば、ビニール袋だな。手提げのビニール袋に紙袋が入っていて、その紙袋の中にベルリーナーが入っていた」

壁の時計を見ると、五時を少し過ぎていた。

「それは何時頃でしたか」

そう訊かれても困るだろうと思ったけれど、男子はあっさりと答える。

「四時だな」

「……よく憶《おぼ》えてますね」

「四時ぐらいに来ると言っていて、その通りに来たからな。そりゃあ憶えてる」

授業とホームルームが一通り終わるのがだいたい三時半で、ドイツパンの店は学校の近くだそうだから、行って戻ってくるのに三十分というのは不自然な時間ではない。

「タバスコを入れたのはどっちですか」

「おれだ。おれがタバスコを用意するあいだ、洗馬は食器棚をあさっていた。紙袋を開けて箸でベルリーナーを一つ小鉢に取り、ジャムの穴からスポイトでタバスコを垂らして、紙袋に戻した。おれが小鉢を洗っているうちに洗馬が皿を出してきて、紙袋の中身をそれに移したんだ」

その様子を想像してみる。

「……そのお皿って、学校の備品ですよね。勝手に使っていいんですか」

「いいわけないだろう」

「滅茶苦茶ですね」

「そうだな……」

このひとにも苦労がありそうだ。それはともかく、

「ということは、もしかして洗馬先輩もどれが当たりかわかっていなかったってことですか」

男子は笑った。

「だろうな。本人も、どれが当たりかわかんないね、って言ってた」

ぼくは内心、洗馬先輩であれば誰も当たりを引かない状況を簡単に作れると思っていた。お店で一つ余分に揚げパンをもらって、家庭科部でタバスコを入れてもらったあと、それをこっそり捨てればいい。動機はまったく想像出来ないけれど、行為としては可能だ。

だけど話によれば、先輩もどれが当たりなのかを知らなかったという。その状態で揚げパンを一つ捨て、隠し持った一つを加えるというのは、まったく意味のない行動だ。洗馬先輩が小細工をしたという可能性は、頭の中から消した方がよさそうだ。

「皿に盛られた揚げパンは見ましたか」

何気なく訊くと、男子は戸惑うような顔をした。

「ちらっと見ただけだな。よくは見てない」

「じゃあ、どういうふうに並んでいたとか、いくつあったとかは」

「悪いな、わからん。まずかったか?」

少し考える。聞けることはぜんぶ聞いておきたかったけれど、見ていないというのなら仕方がないだろう。

「……いえ、別に。紙袋とビニール袋はどうなったんですか」

「洗馬が置いていったから、捨てたよ。見るか?」

頷くと、男子はごみ箱から二枚の袋を持って来てくれた。ビニール袋は店名もなにも入っていない半透明のもの。紙袋には〈ドイツパンの店ダンケダンケ〉と書かれていて、少し油が染みていた。ほかに特に気になる点はない。

「もう一つ。洗馬先輩は、中身がマスタードじゃなくタバスコだっていうのは知っていたんですよね」

ところが、今度の返事は意外なものだった。

「知らないよ。わざと言わなかったんだ」

「えっ。どうして」

「びっくりさせようと思ってな。洗馬は、ちょっと辛いマスタードというのがこの世にあって、それを入れてもらったと思ってるはずだ」

なるほど、道理で新聞部と名乗った途端に笑ったわけだ。いたずらの結果を知りたかったのだろう。あとは、いちおう念のために訊いてみよう。

「当たりを引いたひとがいなかったのはなぜか、心あたりはありますか」

「いや。わからんね。おれはタバスコを入れたし、あれを食べて無反応だったというのは考えられん」

よほど辛いらしい。

ぼくは手の中の黒い瓶を軽く掲《かか》げた。

「これ、少しお借りしてもいいですか。新聞部の連中に見せたいんで」

男子はひらひらと手を振る。

「構わんよ、味見してもいいぞ。あと一時間ぐらいはここにいるから、それまでに皿と一緒に返しに来てくれ」

それから、少し真面目《まじめ》な顔でこう言った。

「いちおう言っておくが、目に入らないように気をつけろよ。病院に行くことになるぞ」

タバスコが目に入る状況というのも想像しにくいけれど、そんなに危ない代物《しろもの》を家庭科部ではどう使っているのか、ちょっと見当がつかなかった。


新聞部の部室に戻ると、やはりドアは開け放したままだった。ぼくがいるあいだはずっと立っていた健吾もさすがに椅子に座っていて、大テーブルに向かう四人の前には、それぞれ一枚ずつ小さな紙が置かれていた。

「ご苦労だったな、常悟朗。どうだった」

目で探すけれど、ぼくの席は見当たらない。まあ、健吾の頼みとはいえ、ぼくは内々の問題に首を突っ込んだ部外者なので椅子がないぐらいは仕方がない。それに……なんというか、立って話す方が恰好がつくような気がする。手に持ったままの黒い瓶を、ぼくはそれとなく背中に隠した。

「間違いなく、洗馬先輩は家庭科部に行っていた。そのときの時刻は四時で、頼まれて揚げパンに仕込んだ部員にも会えたよ」

揚げパンに入れられたのがタバスコであることは、まだ話さない。机に置かれた四枚の紙には味の感想が書かれてあるはずで、それを見てからの方がいい。

「味の感想は、もう照らし合わせたんだよね？」

そう訊くと、健吾は少しぶっきらぼうに答えた。

「お前の発案だからな、お前が戻ってきてから確認しようと思って、待っていたんだ」

迂闊《うかつ》にも、ちょっと嬉しいと思ってしまった。

「それは、なんというか、ご丁寧にどうも。待たせて悪かったね」

「俺が言いだしたことじゃない。杉だよ」

見ると、杉さんは肩を縮《ちぢ》こまらせた。

ぼくを待っていてくれたのなら、これ以上お待たせしては悪いだろう。

「さっそく、見ようか」

そう言うと、新聞部の四人はそれぞれの前に置かれた紙を裏返した。

健吾は『予想よりも甘かった。ブルーベリージャムか？』

真木島さんは『軽い食感の中に、ジャムの濃厚な甘味。ベリー系、二種類混ぜてるかも』

門地くんは『めちゃくちゃ甘い。手に油がついた』

杉さんは『甘くてとてもおいしかった。ジャムがけっこう多かった』

「これは……いないね」

「いないな。つまり」

言葉の行き着く先を察したらしく、健吾は黙り込む。

「つまり」の後には、こう続く。当たりを引いたひとがそれに気づいていない、という線はほぼ消えた。新聞部員の誰かが当たりを引いたのなら、その誰かは自分が当たったことをはっきり自覚した上で、それを隠すために嘘を書いたのだ。

大テーブルを挟んで、新聞部員たちの視線が交錯する。さっきまでの、不信感はあるもののそれ以上に戸惑っているようだった雰囲気は消えて、もっと直接的な疑いの目つきがぎろぎろと他者を眺めまわしていく。

真木島さんが口火を切った。

「プファンクーヘンが甘いのは、最初からわかってたことでしょ」

味の具体的な描写をしていない門地くんは嘘をついている、と言っているのだ。だけど、その批難が当てはまるのは門地くんだけではない。杉さんがきっと顔を上げて、

「おいしかったからおいしかったって書いただけ！」

と鋭く言った。真木島さんは思わぬ方向からの反論に面食らったようで、たじろぐ。

「杉のことは言ってないよ」

しかしそれには、当然門地くんが黙っていなかった。

「杉のことを言ってないなら、誰のことだ？　おれか？」

せせら笑う。

「おれに言わせれば、あんな小さな揚げパン一つ食べただけでジャムがベリー系だってわかる方が信じられないね。前にも食べたことがあるんじゃないか、って思いたくもなる」

揚げパンを取り上げようと言ったのは真木島さんだから、当然、彼女は取材が始まる前から学校の近くのパン屋でドイツ風揚げパンを売っているのを知っていたことになる。となれば本来はどんな味なのか知っていても不思議ではなく、偽装も容易だ……という論理だ。筋は通っているが、この論理が指し示す先も真木島さんだけではない。

「信じられないというほどか？　明らかにベリー系だったぞ」

腕を組んで、健吾が横槍を入れる。杉さんも勢い込んで、

「わたしだって、ベリーだって思ってた。書かなかっただけだよ」

とまくしたてるけれど、それは拙い言い訳だ。案の定、真木島さんが言い返す。

「思ってたなら、どうして書かなかったの」

「それは……間違いないって思えなかったから」

「ベリー系かもしれないって書けばよかったじゃない」

「わたしが嘘を書いたっていうの？　なんでわたしがそんなことしなきゃならないの！」

そう、杉さんには動機がない。もっともそれを言ったら動機があると推測できるのは門地くんだけで、そこから深読みをすれば、門地くんと真木島さんの対立を煽《あお》るために杉さんが嘘をついているともこじつけられるし、実は新聞部に恨みがあった真木島さんが部員たちに疑心暗鬼を振りまいて廃部に追い込むため一芝居打っているのだとも考えられなくはない。

要するに、やっぱり動機なんか考えるだけ時間の無駄なのだ。低い可能性から堅実に潰していった方がいい。

「ところで実は、揚げパンに入っていたのはマスタードじゃなかった」

そう言った途端、四人の視線が驚きを伴っていっせいにぼくに向けられる。この瞬間の快《こころよ》さが、かつてぼくを駄目にした。いまは冷ややかな気持ちで、背中に隠していた黒い瓶を大テーブルにことりと置く。

「タバスコだったんだ。洗馬先輩は家庭科部に辛いマスタードを詰めてくれと頼み、マスタードはそれほど辛いものじゃないから、家庭科部はマスタードを入れたいのか辛いものを入れたいのか決めてくれと言った。洗馬先輩は辛いものを入れるように頼み、家庭科部はこのタバスコを選んだ。……激辛らしいよ」

新聞部の四人は、四者四様に困惑を顔に浮かべている。やがて、健吾が訊いてきた。

「それは驚いたが……。なにか状況が変わったか？」

「特に変わっていないけど、使われたタバスコを借りてきたから、ちょっとした実験ができる。健吾、ぼくはまだ、犯人は自分が当たりを引いたことに気づいてない可能性はゼロじゃないと思ってるんだ」

ぴくりと眉を上げ、健吾は大テーブルに置かれた四枚の紙に視線を走らせる。

「どういうことだ」

「味覚障害ということがある。犯人はタバスコの味を感じ取れなかったという可能性があるんだ。そうだとしたら、早期発見できてよかったという結論になるかもしれない」

真木島さんが低く唸った。

「……正直なところ、それは考えもしなかった」

一方、門地くんは懐疑的だ。

「全員、甘さは感じ取れているんだ。タバスコの味だけわからなくなるなんて症状があるのか?」

ぼくは素直に答えた。

「わからない」

「それならお前……」

「だから、実験してみるのはどうかな。タバスコをほんの少しだけ舐めて」

杉さんが覿面《てきめん》に嫌な顔をしたけれど、ほかの三人はただ睨み合っているよりはましだと思ってくれたらしい。低い囁《ささや》きが交わされる。

「……しかたないな」

「まあ、そうだな」

「このままよりはね」

とにかくやってみようということに話が決まる。

健吾が立ち上がり、紙に埋もれた部室でうろうろとなにかを捜し始めるけれど、なかなか見つからないらしく首を傾げている。ほかの三人が手伝おうとしないところを見ると、彼らも健吾がなにを捜しているのかわからないのだろう。

「なにしてるの」

そう訊くと、健吾は紙の山を右に左にとかきわけながら答えた。

「瓶から舐めるわけにいかんだろう。このあたりに紙皿があったはずなんだ」

真木島さんが腰を浮かしかける。

「あ、あったね紙皿。どこ置いたっけ」

すると杉さんがたちどころに、

「冷蔵庫の上」

と答えた。

冷蔵庫にはぼくがいちばん近いので見てみると、たしかにセット売りの紙皿が外袋に入ったままになっていた。取ろうと近づくと、冷蔵庫の上には木のお盆も置かれていることに気づく。個包装の飴《あめ》やキャラメルやチョコレートが盛られていて、メモ用紙がセロテープで貼られていた。メモには雑な字で、「アンケートはこの箱に入れてください。このお菓子はお礼ですからご自由にお取り下さい」と書かれている。

「なんか、飴とかあるんだけど」

笑みを含んで健吾が答える。

「ああ。そこにある通り、アンケートを届けてくれた生徒に、ささやかなお礼だ」

「アンケートならぼくも届けたけど、もらってない」

「そうだったな。なんでも取っていいぞ」

別にいらないけれど、なんだかゆるい部活だなあ。気を取り直して紙皿を四枚取り、四人それぞれの前にサーブしていく。健吾も椅子に戻ってタバスコの黒い瓶を手にすると、それを興味深そうにしげしげと眺めている。

「なるほど、辛そうだな」

「ラベルが英語じゃないんだよね。読めなくってさ」

「十二歳以下のお子さまはご遠慮ください」

びっくりした。

「読めるの！　それ何語？」

健吾はおごそかに瓶を大テーブルに戻した。

「冗談だ」

堂島健吾に担がれただって……？

まずは健吾が、自分の前の皿にタバスコを一滴垂らす。それから順々に瓶をまわし、ほどなく用意が整った。杉さんが紙皿の上に身を乗り出し、匂いをかいでいる。

「……けっこう、刺激的な匂いがする」

杉さんに倣《なら》って、ほかの三人も赤い液体に顔を近づける。途端、真木島さんがむせて、顔を大きく背《そむ》けた。ひとしきり咳《せき》をして、苦しい息の下から、

「ほんとだ、きつい」

と言う。

「そんなに匂う？」

ぼくがそう訊いたのは、なにも好奇心からではない。質問の意味は健吾が察してくれた。

「顔を近づけて息を吸えば、そりゃあな。ただ、もしプファンクーヘンの中に入っていたとしても、匂いでわかったはずだと自信を持って言えるほど強くはない。試食のときも、しつこく匂いをかいでいたやつはいなかった。……そんなことをしたら、粉砂糖が鼻に入りそうだったしな」

手がかりになるかと思ったけれど、そうは上手く行かないようだ。

杉さんは泣き出しそうになった。

「これ、舐めるの……?」

心なしか引きつった顔で、しかし門地くんが語気を強くする。

「やらなきゃ、もやもやしたままだ。やるぞ」

とはいえ、舌を出して皿を舐めるのは行儀が悪すぎるので、料理人がよくやるように指を使ってすくい取るしかないだろうということになり、新聞部の四人は手を洗いに出て行った。

ぼくは舐めなくていいのかなと不安だったけれど、お前も痛みを分かち合えと誰も言ってこない。このまま知らない顔をしていよう。

四人が手洗いから戻ってきて、もとの椅子に座る。実験にあたり、注意すべき点を伝えておくべきだろう。

「家庭科部の男子が言っていたんだけど、ぜったい目に入らないよう気をつけて。タバスコに触れた指で目をさわるのも危険だと思う」

杉さんがまた呟く。

「これ、本当に、舐めるの……?」

ドイツ風揚げパンを使ってささやかなゲームを楽しもうと思ったら、いつの間にか激辛タバスコを舐めることになっていたわけで、杉さんの心中を慮《おもんぱか》ると気の毒で言葉も出ない。

健吾が大きく息を吸い込んだ。

「よし。じゃあ、一気に行くか。常悟朗、合図を頼む」

どうしてぼくがと思うけれど、健吾が出しゃばりすぎるよりも部外者がやる方がいいのかもしれない。杉さんに恨まれそうな気はするけれど。なんとなく手を挙げる。

「ええと、じゃあ、用意！」

四人がばらばらのタイミングで指を紙皿に近づける。

「……どうぞ！」

適切な言葉がとっさに思いつかず、なんだか変なかけ声になってしまった。四人がタバスコを指ですくい取り、それを口に運ぶ。

一秒か二秒ほど、沈黙があった。

それから巻き起こった悲鳴と唸り声と抗議の叫びを聞き、どうしてこんなことになったのかという悲しみと怒りを目《ま》の当たりにしながら、ぼくは自分があの渦中にいない幸運にひたすら感謝した。健吾は強く咳き込み、真木島さんは顔を真っ赤にし、杉さんは「だから嫌だったのに！」と涙声を上げ、門地くんは水、水と言いながら部室を駆けだしていく。ぎろりと睨んでくる真木島さんが、恨めしげな上目遣いを向けてくる杉さんが次はお前の番だと言い出さないかと思うと、ぼくも門地くんを追って出て行きたくなる。

「いや、辛いなこれは！」

あまりの辛さにおかしくなったのか健吾は半笑いで、声もなんだかおかしげだ。

「我慢できないぐらい、辛い？」

「我慢？　我慢だって、これをか？　ははは、常悟朗、無理だ！」

ついに声を出して笑い始めた。そっとしておこう。一方で真木島さんは顔をしかめ、堪えかねたように憤激を口にする。

「冗談でしょ、家庭科部はこんなの入れてたの！」

目に涙を溜めて、杉さんが席を立った。

「わ、わたしも、水……」

そう言ってよろよろと部室から出て行く。

実験の結果、三つのことがわかった。まず、家庭科部が提供してくれたタバスコはとても、とても辛いということ。そしてもう一つは、新聞部にその辛さを感じ取れないひとはいなかったということ。それからもうひとつ、これは確実に言えるという「明白な結論」を得ることができた。だけど、その「明白な結論」は現状と大きく矛盾する。どれだけ考えても、こんなことが起こりえたはずはないのだ。……この揚げパンの一件は、やはり見た目よりも複雑なのかもしれない。腕組みして親指をあごに当て、ぼくは言った。

「健吾。どうやら、状況を最初から整理した方がよさそうだ。いくつか訊きたいことがあるんだけど、いいかな」

しかし健吾は自分の舌を手で扇《あお》ぎ、まだ笑みを含んだ目でぼくを見上げるばかりで、答えようとはしない。実験で判明したことはほかにもあった――どうやらこのタバスコの打撃は、そうとう長持ちするらしい。

4

水を飲みに行った二人が戻って来て、検討が再開されるかと思ったとき、門地くんが投げやりに言い出した。

「もういいだろう。別に誰でもいいじゃねえか、パンの一つや二つでこんな騒がなくっても、なんかあったんだよ変なことがさ。不思議だなで済まして、もう帰ろうぜ」

一理ある提案だけれど、それでは記事を企画した真木島さんが黙っていないだろう。案の定真木島さんはきっと眉を吊り上げて、いまにも反論しようと口を開けるけれど、それよりも早く杉さんが甲高い声を上げた。

「いまさらやめてよ！　それを言うんなら、タバスコ舐める前に言ってよ！　いまやめたら、なんのためにあんな……馬鹿みたいじゃない！」

目を真っ赤にして、声も震えている。たしかに、撤退の判断を下すにはもう遅すぎる。毒を食らわば皿まで、タバスコを舐めたなら真相まで、だ。ぼくは改めて健吾に訊いた。

「この揚げパンを記事にしようと言い出したのは、誰だったの？」

その答えはもう知っているけれど、二人だけのときに聞かされたというのはほかの新聞部員にとってあんまり気持ちがよくないだろうから、わざと訊いておく。健吾もそれを察したのか、さっき教えただろうとは言ってこなかった。

「真木島だ。学校の近くにドイツパンの店がオープンし、そこでプファンクーヘンを売っているのを見つけて、編集会議で提案してきた」

本当に訊きたいのはここからだ。

「それで、どうして洗馬先輩がもらいに行くことになったのかな」

こう言ってはなんだけれど、一年生の企画のために二年生の洗馬先輩が使い走りをするのは少し変だという気がしていたのだ。

「知っての通り、先輩は辛いものが駄目だと言って企画を下りた。それに、ライブが近くて部活に顔を出せない日が増えているのも申し訳なく思っていたらしい。せめて埋め合わせにと言って、プファンクーヘンは自分がもらってくると申し出てくれた」

真木島さんが横から入ってくる。

「大雑把に見えるけど、面倒見がいいひとなの。わたしたちのことはいつもサポートしてくれる」

健吾が頷いた。

「そうだな。記事の文章で詰まっていたりすると、自分の手を止めてでも必ずアドバイスしてくれるんだ。あのひとには鍛《きた》えられたよ」

さっと視線を走らせるけれど、門地くんも杉さんも表情は特に変えていない。もちろん断言は出来ないけれど、洗馬先輩への隠れた反感というのはなさそうだった。

こうなれば、細かな状況を一つずつ確認していくしかない。まず、揚げパンがどういうふうに動いたのかを確かめよう。

「先輩は、今日の放課後にパン屋まで行って、揚げパンをもらってきたんだよね」

「そうだ」

「その傍証は、なにかある？」

門地くんが横から毒づいてくる。

「傍証って、先輩がもらってきたんじゃなけりゃ、どうしてここにパンがあるんだよ」

「まあいちおう、念のためだね。もらったのは昨日だったかもしれない。明らかに出来ることはぜんぶ明らかにしたいんだ」

健吾が首を横に振った。

「今日、洗馬先輩が取りに行く約束をしていた。あの揚げパンは試作品だ。店だって、毎日作ってるわけじゃないだろう」

「お店のひとは、洗馬先輩の人相を知ってるのかな」

「知っている。俺と洗馬先輩と真木島の三人で先に取材に行ったとき、洗馬先輩が自分が受け取りに来ると話していたからな」

ということは、洗馬先輩がドイツパンの店に揚げパンを取りに行ったことは間違いなさそうだ。そして揚げパンは紙袋に詰められ、おそらく持ち運びしやすいよう、紙袋はビニール袋に入れられた。先輩は午後四時に家庭科部の部室に行き、かねて依頼の通り揚げパンにマスタードを詰めてもらおうとしたけれど、実際には激辛のタバスコが仕込まれた。

洗馬先輩は、家庭科部で揚げパンを皿に移した。持ち運びに使われたビニール袋と紙袋は、家庭科部のゴミ箱に捨てられた。先輩は揚げパンを乗せた皿を持って、この新聞部部室にやって来た。その皿はまだ大テーブルの上にある。

ひとつ、わからないことがある。

「……洗馬先輩は、どうして揚げパンを皿に移したのかな。紙袋に入れたままでも、別に食べにくくはなかったと思うけれど」

首を傾げていると、健吾がこともなげに答えた。

「元は紙袋に入っていたのか。なら、撮影のためだろう」

撮影だって。

「写真を撮ったの？」

「ああ。記事にするんだ、当然撮る。紙袋に入ったままだと写しにくいからな、先輩は気を遣ってくれたんだろう」

「撮ったって、カメラで？」

そう訊くと、健吾はちょっとうろたえた。

「本当はその方がいいんだが、小さい欄で、モノクロだからな。携帯で撮った」

「なんでそれを早く言わないのさ！」

おお、はからずも、人生で一度は言ってみたかった台詞《せりふ》「どうしてそれを早く言わないんだ！」を言うことができた。

「いや、すまん。うっかりしていた。見るか？」

「もちろん」

健吾はポケットから携帯電話を出して、画像を表示させる。

一枚目の画像は揚げパンの乗った皿が置かれた大テーブル、二枚目の画像は揚げパンが四つ乗った皿、三枚目の画像はもう少しアップで撮った揚げパンだ。

つまり、揚げパンしか写っていない。

「もっと……こう……手がかりになりそうな……食べる瞬間とかさ！」

「俺も皆と同時に食べたんだぞ。どうやって撮るんだよ」

「ごもっともだけど……」

皿の上の揚げパンは四つだと確認できたこと、見た目だけでタバスコ入りを当てるのは難しそうだとわかったことが収穫と言えるかもしれないが、どちらも既にわかっていた事実だ。

「これはいつ撮ったの？」

「試食の直前だ」

そのときにはもう、洗馬先輩はいなかった。

健吾が言う「試食の直前」までに、なにがあったのか。次は新聞部員四人の行動を確認しなければならない。


「最初にこの部室に来たのは、誰かな」

そう訊くと、門地くんが馬鹿にするような声で言った。

「知ってるだろう。おれだよ。最初に来て、部室の鍵を開け、ずっと記事を書いていた」

「そうだったね。何時からここにいたの？」

「三時半過ぎだったと思う」

ホームルームが終わるのもそれぐらいだから、門地くんは放課後になった直後にここに来たことになる。

「洗馬先輩にも会っているんだよね」

「ああ」

パイプ椅子の背もたれに体を預け、門地くんはちょっと薄笑いを浮かべた。

「いきなり肩を叩かれて、びっくりしたよ」

「時刻は？」

「さあ、憶えてない。時計も見ずに原稿を書いてたからな」

「洗馬先輩は揚げパンを乗せた皿を持っていたんだよね」

「……いや。皿はもうこのテーブルに置いてあった。先輩は皿を指さして、もらってきたって言ったんだ」

健吾が訊く。

「書いてたのは、先週からやってた例の三段記事だろ？　手こずってるのか」

「ああ、ちょっと文章がな。でも、もう書けた」

あなたがこの部屋にずっといたことを証明できるひとはいますかと訊きたくなるところだけれど、問題なのは門地くんの不在証明じゃないし、訊けば一騒動になるのは目に見えている。

これは、よしとしておこう。

「次に部室に来たのは？」

杉さんが小さく手を上げた。

「わたしです」

「何時に来たか憶えてるかな」

「四時十五分ちょうど」

自分で訊いておいてなんだけど、どうしてわかるんだろう……。

「よく憶えてるね」

「そういうのは得意だから」

杉さんは初めて、にこりと笑った。

「洗馬先輩にも会ったよ。部室のドアの前ですれ違ったから、来てたんですかって訊いたら、いま来たとこって言ってた」

「ほかになにか言ってなかった?」

「ライブに行くから、立ち会えなくてごめんって。それだけ」

健吾が横から言う。

「タイミング的には、門地と話した直後ってことか」

「たぶん。それで、テーブルの上にアンケートの回収箱があったから、上から何枚か取って、椅子に座って読んでた」

いちおう訊く。

「座ったのは、いま健吾が座っている椅子だよね」

入口にいちばん近い椅子だ。

「うん。そこ」

「ありがとう。それから？」

杉さんは頷いた。

「二、三分アンケートに目を通したあと、プファンクーヘンに気づいて、撮影できるようにテーブルの上を片づけた」

「そのときに写真は撮らなかったの？」

「うん。全員が揃ってからでいいって思ったから」

部室にはまず門地くんが来て、それから洗馬先輩が来た。次に杉さんが来て、洗馬先輩は出て行った。それから？

「次に部室に来たのは……」

「わたし」

どこか不満げに、真木島さんが答える。

「何時に来たか憶えてる？」

「わからない、憶えてない」

投げやりな言い方だけれど、時刻を憶えていないのはむしろふつうだ。どちらかと言えば、杉さんがはっきり答えられたことの方が不思議だと思う。

「部室には門地と杉がいたけど、先輩には会えなかった」

これまでの証言とも一致している。

「部室に来てから、なにかあった?」

「そうね」

少し考えるような間が空いた。

「背の低い一年生の女子がアンケートを届けに来たから、わたしが受け取った。それぐらいかな」

……小佐内さんかな?

「お礼を言って、お菓子を配っていますって言ったら、いりませんって言われた」

「違うな」

「えっ、なに?」

「ごめん、こっちの話。受け取ったアンケート用紙はどうしたの?」

「杉が回収箱を片づけたっていうから、これも入れておいてって言って渡した」

見ると、杉さんは小さく頷いた。この紙の砦のどこかにアンケートを入れる箱があるのだろう。ぼくのクラスのアンケートは、さっき健吾が適当なところに置いていたけど、あれはよかったのかな……。

「その箱って、いまはどこにあるの?」

杉さんに訊くと、

「堂島くんの後ろ」

という答えが返ってきた。健吾は慌てて振り返り、壁際に無造作に積まれた書類の上から箱を取り上げる。

「こんなところにあったのか」

回収箱というから蓋がついたものを想像していたけれど、実際のそれは、和菓子かなにかのボール箱をそのまま流用したと思《おぼ》しきものだった。それなりに大きいけれど深さはなく、アンケート用紙が溢れそうになっている。

「ほかに何かあった？」

そう訊くと、真木島さんは首を横に振った。

「最後に来たのは健吾なんだよね」

そう念を押すと、健吾はきょろきょろするのをやめて頷いた。

「そうだ」

「時刻は？」

「四時半までまだ少し時間があるなと思った記憶があるな。正確にはわからん。部室に来たらほかの三人が揃っていて、テーブルの上には揚げパンがあった。俺が揚げパンの写真を撮って、それから、食べた」

そこから先は聞かなくてもわかる。誰が当たりを引いたか息を詰めてお互いの様子を窺ったけれど、誰も当たったと言い出さなかった。そして、ぼくが来たというわけだ。

これでいちおう、新聞部員の動きについて聞けることは聞いた。聞いたけれど、これはどういうことなのか……。ぼくが黙り込んでいると、健吾が小さく唸った。

「おかしなところはなかったようだな」

そうかな?

ぼくは少し考え、誰にともなく言った。

「洗馬先輩と連絡が取れるかな」

全員の視線がなぜか真木島さんに向けられ、その真木島さんが答える。

「いまは無理だと思う。ライブの前は携帯の電源切っちゃうし」

「そうか……」

「なにか訊きたいことがあったの」

「訊けたらいいなっていうことは、あったよ。でも、それより、真木島さんは洗馬先輩について詳しいんだね」

そう言うと、真木島さんははにかんだ。

「家が近くなの。先輩への連絡は、わたしが取るようにしてる」

「幼なじみって感じかな。じゃあ、ふだんは先輩とは呼んでないんだ」

「そうだけど……関係ある?」

ぼくは手を振った。

「ないよ。ごめん、立ち入ったことを訊くつもりじゃなかったんだ」

洗馬先輩の証言が得られない以上、推理はこの場で集められる材料から組み立てるしかない。直感だけれど、それは不可能ではないと思う。たぶん、鍵は一年生の飯田くんが握っている。

「洗馬先輩は、飯田くんが参加しないことは知ってたんだよね?」

飯田くんは、新聞部所属の一年生で、週に一度来るか来ないかの幽霊部員だ。今回の取材に参加するかどうかを健吾に打診され、参加しないと答えたという。真木島さんは妙に意気込んで答えた。

「うん、知ってた。わたしがメールで送ったから」

「念のためだけど、真木島さんは洗馬先輩に、飯田くんは試食に参加しないから揚げパンは四個でいいっていう内容のメールを送ったんだよね」

「そうよ」

「送信エラーが起きたとか」

「ふつう、そんなの起きないでしょ」

いやいや、けっこうあるんだ、これが。ところが、健吾が横から補足した。

「その場には俺もいて、文面を確認してくれって言われた。正確な言いまわしは忘れたが、真木島はたしかに、飯田はこの取材に参加しないと書いたメールを洗馬先輩に送っていたぞ。この部室は電波状態もいいし、携帯に送信エラーが来ることもなかった。先輩にメールが届いたことは間違いない」

こと今日の事件に関して、健吾が断言することは事実と認めると決めている。ぼくが黙って頷くと、真木島さんが言葉を続けた。

「夜になってからだけど、ちゃんと返信も来たよ」

「どんな文面だった？」

「了解、って」

「それだけ？　前後になにかなかったかな」

真木島さんは眉根を寄せた。

「知らない、忘れた。今日は携帯忘れたから見られないし。言いまわしが重要なの？」

どうだろう、洗馬先輩の返信の文面は、重要か否か？

……いや、重要な点はほかにある。

黙っているぼくに真木島さんは苛立ちをあらわにし、顔を赤くして口を開きかけ、それから不意に、目を逸らして言った。

「……ところで、いまさらなんだけど、いいかな？」

その言葉はぼくにではなく、新聞部の部員たちに向けられたものだ。門地くんが戸惑い気味に「なんだ」と返すと、真木島さんは呟くように言った。

「実はわたし、あれを食べるとき考えごとしてて、ぼうっとしてた。いままで言いにくくて黙っていたんだけど、もしかしたら、当たりはわたしが引いたのかもしれない。……というか、みんなが当たりじゃなかったんだから、わたしが当たりだったんだと思う」

突然の告白だった。杉さんと門地くんが驚きの声を上げるけれど、健吾はさすがに落ち着いている。

「真木島、それはないだろう。さっき味についてコメントを書いたら、お前がいちばん詳しかったじゃないか。あれでぼうっとしていたは通らんぞ」

「それは……」

と口ごもる真木島さんを、門地くんがもの凄い目で睨んでいる。

「前に食ったことがあったんだろう。そうじゃないかと思ってたんだ！」

真木島さんは俯《うつむ》き、なにも言わない。しかし杉さんが間に入った。

「そんなのわかんないじゃない。マッキー、ちゃんと説明してよ！」

「無駄だよ、なんかあやしいと思ってたんだよおれは」

「なに言ってんの、あやしいのはあんたの方じゃない。マッキーのアイデアを潰したかったんじゃないの？」

「なんでおれがそんなことするんだよ、馬鹿じゃねえのか」

健吾が恐れていた展開だ。揚げパンで楽しくドイツ伝統のゲームをするだけだったのに、新聞部の水面下にあった対立が表に出て来てしまった。いまからでも間に合うだろうか。誰が当たりを引いたのか指摘することができれば、新聞部の空中分解を防ぎたい健吾の期待に応えることができるだろうか？

……まあ実を言えば、新聞部がどうなろうと、ぼくはあんまり興味がないんだけどね！

期待していた材料はすべて集まった。タバスコ入り揚げパンを食べたのは誰か？
堂島健吾か？
門地譲治か？
真木島みどりか？
杉幸子か？
飯田か？
洗馬先輩か？
家庭科部の男子か？
小鳩常悟朗か？　いやぼくは食べてないよ、念のため。
あるいは、どこからともなくやってきた謎の存在が食べたのだろうか？
事件の真相を、ぼくは指摘できる。
ぼくと同じ材料を手にしたひとならば、同じことが出来るはずだ。

5

「試食の際に、タバスコ入り揚げパンを食べたことを悪意をもって隠した人物は、果たして存在し得ただろうか？」

ぼくの会心の問いは、新聞部の部室を満たす口論の中に溶けていった——別の言い方をするなら、誰も聞いていなかった。ぼくに相談を持ちかけた堂島健吾さえ、真木島さんと門地くんの言い争いに気を取られてこっちを向きもしない。

咳払いというやつが、ぼくはあまり好きではない。あの仕草の、自分に注目を集めるためだけに存在している感じがどうにも苦手なんだけど、今回ばかりはやむを得ないだろう。気管支に渾身《こんしん》の力を込めて、ぼくは咳払いをした。

健吾がくるりと振り向く。

「どうした常悟朗、大丈夫か。タバスコにむせたか？」

心配されてしまった。込み上げる申し訳なさを押し殺し、手を振ってごまかして、ぼくはさっきの言葉を言い換える。

「ああ、ええと。その、試食のときは、誰もタバスコ入り揚げパンを食べてなかったんじゃないかな」

「なんだって！」

健吾が大声を上げ、ほかの三人がこちらを向く。

「そんなはずがあるか。家庭科部に行って、タバスコが入れられたことを確認したのはお前だろう」

「うん」

「それなのに、四人の誰も当たりを食べなかったっていうのか？」

「そうだね」

「おかしいじゃないか！」

期待通りの反応で、ちょっと嬉しかった。真木島さんと門地くん、杉さんはそれぞれ疑い深い目をぼくに向け、次はなにを言い出すかとでも言いたげに黙っている。ぼくは少し笑った。

「たしかに、おかしい。だけど、試食の場で誰かが当たりを食べたと考える方が、もっとおかしいんだ。あり得ない」

「どうして？」

「どうしてだって？」

健吾は想像力ゆたかな人間ではないかもしれないけれど、まるっきり鈍《にぶ》い方でもないはずだ。それなのにどうしてと訊いてくるのは、新聞部の行く末にでも気を取られすぎているのだろうか。ぼくは声を励まして言った。

「あんな辛そうなタバスコを味わって、自分は当たりませんでしたなんて涼しい顔で隠し通せるわけがないじゃないか！」

本当に気づいていなかったのか、健吾ははっとした顔になる。ほかならぬ健吾自身が、あれを食べて我慢することは無理だと言っていたのに。

反論は、意外にも杉さんから飛んできた。

「でも、すっごく辛いタバスコだったけど、絶対に我慢してやるって覚悟して、あんまり噛まないようにして呑み込んだら、知らない顔ができたかも」

ぼくは首を横に振った。

「それもあり得ない。ぼくが家庭科部で聞いてくるまで、揚げパンに入っていたのがタバスコだと知っていたのは、タバスコを入れた張本人の、家庭科部の男子だけだった。この四人はもちろん、揚げパンをもらってきた洗馬先輩さえ、当たりの中身はマスタードだと思っていたんだ。たいして辛くはないマスタードに耐えるつもりで心の準備をして、あのタバスコを口に入れたのなら……」

門地くんがやけに納得顔で頷いた。

「耐えられるはずがないな。あれは無理だ」

一方、健吾は眉をひそめている。

「顔を平手打ちされると思って歯を食いしばったら、腹をぶん殴られたようなもんだ。言われてみれば当然だな、顔に出ただろう。……でも、じゃあ、どういうことだ。当たりの揚げパンはどこに行ったんだ。誰が食べた？」

杉さんが呟く。

「いつ食べたの？　ここにはずっと門地くんがいたのに」

門地くんも首を捻《ひね》る。

「そもそも、なにを食べたんだ？　パンは四つだったんだぞ」

どの疑問も、もっともだ。試食のタイミングで当たりを食べたひとがいないという明白な結論に至るには、いくつもの壁がある。だけどぼくは、その壁がどれも乗り越えられないほど高いものだとは思えない。

起きたことが不思議に見えるのは、証言が完全じゃないからだ。沈黙、嘘、気遣いが話をややこしく見せている。それら証言の不完全さを一つずつ取り除いていけば、なにがあったのかは自《おの》ずから見えてくるはず。

検討は既に済んでいる。あとは、それをどう話すかだ。

「まず、機会のことを考えよう」

大テーブルに置かれた皿を見つめて、ぼくはそう切り出した。

「当たりの揚げパンは実在した、だけどそれは試食の時点では消えていた。なら、それが皿の上から持ち去られたのは試食の前だ。ところで、揚げパンはずっとそこに置かれていて、部室には門地くんがいた。犯人が誰であれ、門地くんの目を盗むことはできただろうか？」

部室の奥、窓に近いあたりに机が置かれている。門地くんはそこで記事を書いていた。

「健吾が言ってはいたけれど、門地くんがどういうふうに座っていたか、もう一度教えてくれるかな」

門地くんは不満の声を漏《も》らしたけれど、それほど嫌がりもせず席を立って、問題の机に向かう。手近な椅子を引いて座ると、部室の入口に体の横を向ける形になった。

新聞部の三人が唸る。

「どうかな。ドアは開けっぱなしだったんだよな」

「真横から近づいてくるひとに気づけるか、ってことよね」

「ふつうは音だって立つし……」

腕を組んで、健吾が門地くんに訊く。

「実感として、どうだ。誰か入ってきたなら、気づきそうか」

「当たり前じゃないか」

そう答えるけれど、言葉には力がなかった。それはそうだろう、門地くんは実際に何が起きたかを知っているのだから。

「ありがとう」

そう言って門地くんには元の席に戻ってもらい、ぼくは大テーブルに片手をついた。

「ところでさっき、洗馬先輩が部室に来たときのことを門地くんはどう言っていたか、憶えてるかな」

答えはなかったけれど、門地くんの苦り切った顔が答えだ。

「門地くんはこう言っていたんだ。……いきなり肩を叩かれて、びっくりした」

その言葉の意味は明白だ。

「洗馬先輩は、門地くんを驚かせようと思って後ろから忍び寄ったんだろう。そういうことをしそうな先輩かな？」

門地くんを除く三人が同時に頷いた。

「わかった。で、先輩の目論見《もくろみ》はまんまと成功し、門地くんは驚いた。……つまり、先輩に気づいていなかった。誰かが部室に来たら必ず門地くんが気づいたはずだという主張は、妥当とは言えないんだ。忍び寄れば気づかれないことは可能だったし、ふつうに接近しても、場合によってはわからなかったかもしれない」

健吾がすぐさま反論してくる。

「だが、部室に門地しかいなかった時間帯には、揚げパンが部室になかった」

その通り。洗馬先輩が部室を出るタイミングで杉さんが来ているので、部室に門地くんと揚

げパンだけという状態は存在しない。だけど、

「門地くんが来訪者に気づかなかったのなら、先輩も気づかなかったと考えておかしくない」

「常悟朗、それは暴論だろう。二人いれば気づく可能性が上がったはずと考える方が自然だ」

杉さんも声を上げる。

「それに、わたしが入口ですれ違ったとき、先輩は『いま来たとこ』って言ってたんだよ。部室に門地くんと先輩しかいなかった時間は、ほんのちょっとしかなかったはず。わたしは入口そばの椅子に座ったから、わたしが来てから誰かが揚げパンに近づくのは無理だし」

二人の疑問には、同時に答えられる。

「ほんのちょっとでも、隙は隙だ。……だけどぼくは、隙はほんのちょっとじゃなかったと思ってる。そして健吾、二人だから注意力が増したんじゃなくて、二人だから注意力が落ちたんじゃないか」

健吾と杉さんは怪訝そうな顔をする。ぼくは大テーブルに置いた手を顔の前に上げ、人差し指を立てた。

「門地くんは三時半ぐらいから記事を書いていた。健吾いわく、『先週からやってた例の三段記事』だ。ずいぶん時間がかかってるようで、健吾が『手こずってるのか』と訊くほどだった。門地くんはそれに対して『ああ、ちょっと文章がな』と答えて、『もう書けた』と続けた。つまり、門地くんは記事の文章に手こずっていたけれど、さっきそれを仕上げたんだ。ところで、

記事を書いているあいだに部室に来たであろう洗馬先輩は、どういうひとだったか?」

ぼくは今回の一件に取り組むにあたって、健吾の言動は百パーセント信じると決めている。その健吾が、こう言ったのだ。

「『記事の文章で詰まっていたりすると、自分の手を止めてでも必ずアドバイスしてくれる』。そうだよね、健吾」

あ、という呟きが誰かから漏れる。

「門地くんは、洗馬先輩に文章のアドバイスをしてもらっていたんだ。そのあいだ二人は膝詰めで話し合っていた。あの机のそばには椅子が二脚置かれていたと杉さんが言っていたのを憶えているかな。これは推測だけれど、洗馬先輩も椅子に座って、門地くんの文章直しを手伝っていたんじゃないか」

言葉を切って、門地くんをじっと見る。健吾も、杉さんも、真木島さんも門地くんを見つめている。視線を浴びて、門地くんはふてぶてしく肩をすくめてみせた。

「そうだ。先輩にアドバイスをもらっていた。言うまでもないから黙っていたんだ」

それはどうかな? 門地くんの言葉の端々には、どこかプライドが感じられる。そのプライドが邪魔をして、書けなかったところを先輩に手伝ってもらったと言えなかったんじゃないだろうか。もっともこれはただの臆測で、しかも真相解明には一切関与しないから黙っているけれど。

肝心なのは、ここからだ。

「つまり、杉さんが聞いた『いま来たとこ』の『いま』とは数秒前のことではなく、門地くんの原稿にアドバイスをするあいだの数分程度の幅を持つラフな表現だったってことになる。……で、実際にはどれぐらいだったのかな？」

門地くんに訊くと、返事は投げやりだった。

「さあな。五分ぐらいか」

「その五分のあいだは、門地くんも洗馬先輩も、誰かが部室に入ってきても気づかなかったかもしれない。そう考えてもいいかな」

これは意地の悪い質問だった。既に洗馬先輩の入室に気づかなかったことを指摘された以上、門地くんは、いや気づいたはずだと答えることは出来ないだろう。嫌そうに、

「先輩は真剣にアドバイスしてくれたし、おれも真剣にそれを聞いていた。あとは好きに考えてくれ」

と言うだけだった。

揚げパンに注意が払われていない時間があったことは、既に証明された。

「次は、個数について」

そう言って、ぼくは揚げパンが置かれていた皿を見る。

「家庭科部の男子は、揚げパンの一つに激辛のタバスコを仕込んだ。このタバスコ入りの当たりを皿に置いたのは洗馬先輩で、家庭科部の男子はそのとき皿の上に揚げパンがいくつあったか見ていない。一方で試食のとき、皿には揚げパンが四つ乗っていて、その中に当たりはなかった」

「それは……」

真木島さんがなにかを言いかけて、そのまま黙り込んでしまった。少し気の毒に思いながら、話を続ける。

「つまり、先輩がもらった揚げパンは四つではなかったと考えるしかない。五つ以上……これまで得られた情報を総合すれば、五つだったと考えられる」

「お前がなにを言いたいのかは、わかる」

健吾がむっつりと言った。

「たしかに、新聞部の一年生はもう一人いる。飯田だ。そいつの分を含めれば、もらってくる揚げパンは五つになる。だがそいつが試食に参加しないことは、洗馬先輩も知っていたはずだ。単に間違えたってことか？」

「その可能性も皆無じゃないけど、それ以前に、いまの言い方はちょっと不正確だね。健吾が見たのは、飯田くんが試食に参加しないことを伝えるメールが洗馬先輩に発信されたところまでだ。それと先輩が知っていたっていうことはイコールじゃない。メールは見落とされることも、読むのをあとまわしにされることもある」

「待って」

杉さんが、小さくも鋭く言った。

「マッキー……真木島さんには、先輩から返信があったはずでしょう」

「たしかに、そう言っていたね」

了解、と一言だけ書いたメッセージが届いたと言っていた。けれど……言いにくいなあ、これは。ちょっと頬をかいて、あらぬ方を見てしまう。

「だけどその返信を、真木島さん以外は誰も見ていない」

真木島さんの顔がさっと赤くなる。

「ちょっと、どういうこと！　それって、わたしがつまり……」

ここは、とぼけるしかないか。

「ほかの人からのメールを勘違いしたんじゃないのかな。よくあることだよ」

真木島さんに反論の隙を与えず、言葉を重ねる。

「もし洗馬先輩から返信が来たというのが勘違いで、実際には先輩がメールを読んでいなかったんだとすれば、話はとても単純になる。洗馬先輩は、万が一飯田くんが来たときに彼の分がないのはかわいそうだと思い、揚げパンを五つもらってきた。そのうちの一つにタバスコが注入され、試食までのあいだに消えたんだ」

「……そう！」

突然、真木島さんが声を張り上げた。

「そうだよ、あのとき、兄貴ともやり取りしてたんだ。なんだったかな、買い物してきてってお願いしてたから、了解っていうのはその返事だったかもしれない！」

「洗馬先輩はライブの前で気が張っていただろうしね。メールに気づかなかったとしても、あんまり責められないと思うよ。携帯があれば確認できるのに、残念だ」

「本当に。ああ、しまったなあ」

そう言って、真木島さんは力なくうなだれた。

うん。

真木島さんは、あまり演技が上手い方じゃない。あれじゃあ、ほかの三人にも事情がわかってしまっただろう。要するに、真木島さんからのメールは洗馬先輩に無視されたのだ。洗馬先輩がライブの準備で忙しかったからなのか、それとも真木島さんと洗馬先輩のあいだになにか微妙な緊張があったからなのか、理由はわからない。だけどそれは、洗馬先輩の幼なじみを自認し、先輩との連絡役を買って出ている真木島さんにとって、あまり他人に知られたくないことだったのだろう。

さっき真木島さんは、突然、当たりを食べたのは自分だったかもしれないと言い出した。あれは、誰も当たりを引いたと言わないのは揚げパンが五つあったからだという可能性に気づいたからじゃないだろうか。あのまま検証が続けば揚げパンの数は遠からず問題になっただろうし、そうなれば、先輩から返信があったという真木島さんの証言も疑われることになる。だからこの問題を終わらせるため、自分が当たりを引いたと言い出したのではないか？

返信があったというのはよくある勘違いだったのではというぼくの発言に、真木島さんは一も二もなく飛びついた。それほどまでに、洗馬先輩と仲がいいというのは真木島さんにとって大切なことなんだろうか。

いずれにしてもぼくは、そういう人間関係の蹉跌《さてつ》にはあまり興味がない。

「まあ、とにかく」

気を取り直して、ぼくは言う。

「揚げパンは五つあったと考えてよさそうだ」

「さて、揚げパンは五つあり、それに対して注意が払われていないタイミングがあった。じゃあ、それを食べたのは誰だろうか？」

健吾は腕組みし、杉さんはほかの部員の表情を窺っている。門地くんはむっつりと黙り込み、真木島さんの顔はまだ少しだけ赤い。

ぼくは堂島健吾から、当たりの揚げパンを食べたのは誰なのかと訊かれている。これまでの検討は、すべてこの問いに答えるための準備に過ぎない。

「たとえ門地くんと洗馬先輩の注意が原稿に向けられていたとしても、二人がずっとこの部屋にいたことはたしかで、それなのにどちらも揚げパンを食べた、少なくとも皿からそれを持ち去った人物に気づいていない。つまり彼または彼女は、二人に声をかけることなく行動したと考えていい」

僕の言葉がみんなに浸透するぐらいの時間をおいて、先を続ける。

「ところで、揚げパンは試食して記事を書くために用意されたもので、ここにいる四人はもちろんそれを知っていた。それなのに、揚げパンが皿の上に五つあったからといって、部室にいる二人に声をかけることもなくこっそり一つ食べたというのは道理に合わない。不可能なことではないかもしれないけれど、あまりにも不合理だよ」

ぼくは、犯人の行動には合理性があることを前提にしている。門地くんと洗馬先輩の目を盗んで、杉さんや真木島さんがつまみ食いしたということは考えなくてもいいだろう。

……正確に言えば、真木島さんにはそう行動する理由があった。揚げパンが五つあることを確認した時点で洗馬先輩との連絡が不調だったことに気づいて、一つ隠蔽《いんぺい》することで不行き届きをごまかそうとした、というのがその理由だ。しかし、それなら真木島さんは、試食の際に誰も当たりを引いたと言わなかった時点で隠した一つが当たりだったとわかったはずだ。であればその瞬間に、自分こそが当たりを引いたと自白しなければ隠蔽にならない。真木島さんが自白を試みたのは試食からずっと後のことで、それは、彼女が試食前に揚げパンを隠したのではないことを証明している。

「たしかにそれは不合理だが」

健吾が重々しく言った。

「気づいてるか、常悟朗」

「なにに？」

「容疑者がいなくなったぞ」

そう言いたくなるのはわかる。

「飯田かな？」

自信がなさそうに門地くんが呟くけれど、

「それはない。あいつとは教室でずっと話していたんだ。タイミング的に不可能だ」

と健吾に一蹴《いっしゅう》された。

これで容疑者はいなくなったのか？　いいや、違う。

「健吾。部室に揚げパンが置かれ、門地くんと洗馬先輩が記事の相談をしていた空白の五分間、揚げパンを乗せた皿はどんな状態にあった？」

健吾はぴくりと眉を動かし、組んだ腕をほどいて、大テーブルの上の皿を指さした。

「この状態だ。試食してから、この皿は動かしていない。もちろんお前が言う時間帯には上にベルリーナーが乗っていたが」

「それが違うんだ」

「……なに?」

ぼくはゆっくりと冷蔵庫へと近づいていく。

「揚げパンを乗せた皿がその状態になったのは、空白の五分間の後だ。なぜなら洗馬先輩とすれ違いに部室に入ってきた杉さんが、揚げパンを撮るために机の上を片づけたからだ」

突然名前を挙げられて、杉さんがびくりと震える。

「えっ、わたし、なにかまずいことした……?」

「まさか、ちっともまずくないよ」

まずくはなかったけれど、実は、この杉さんの何気ない行動が事態を錯綜させていた。冷蔵庫の上に置かれた、飴やキャラメルを盛ったお盆を手に取って、ぼくは大テーブルの前に戻ってくる。

「杉さんが机の上を片づける前、空白の五分間、揚げパンの皿はこういう状態にあった」

お盆を置く。

皿の近くに置かれたお盆には、メモがついたままだ。

「そうかっ!」

健吾が声を上げた。

「そうなんだ。揚げパンのそばには、このメモがついたお盆があった。……健吾、アンケートの回収箱を」

「ああ」

渡された回収箱を、お盆の横に置く。

一拍遅れて、ほかの三人もどよめき始める。

「この部室に来るのは、新聞部員だけじゃない。たとえばぼくが来たし、真木島さんが女子生徒に会った。ぼくとその女子生徒は、新聞部が配ったアンケートの答えを届けに来たんだ。そして、そういう人間が二人だけだったと考える理由はない」

メモにはこう書かれている――「アンケートはこの箱に入れてください。このお菓子はお礼ですからご自由にお取り下さい」。

「門地くんと洗馬先輩が記事の話をしているさなか、誰かがアンケートを届けに来たけれど、二人が忙しそうなのを見ると声はかけにくい。ふと見れば、アンケートは箱に入れておけと書かれている。その誰かは、書かれている通りにしただろう」

杉さんはテーブルの上を片づけたと言い、真木島さんは、杉さんが回収箱を片づけたと言っていた。つまり杉さんが片づける前、回収箱はテーブルの上にあったのだ。

お菓子を盛ったお盆には、アンケートを回収箱に入れろという指示が書かれたメモが貼られている。ということは、このお盆も回収箱の近く、つまりテーブルの上に置かれていたのでなければならない。

門地くんと洗馬先輩が記事の話をしているあいだ、テーブルの上にはアンケート回収箱と、メモが貼られお菓子が盛られたお盆と、揚げパンを乗せた皿があったのだ。

「そしてその誰かは、お礼ですからご自由にと書かれているのを見て、ご自由に食べた――隣の皿の揚げパンをね。犯人は外部犯だ」

最初に外部犯の可能性を検討しようとしたぼくに、新聞部の面々は三つの否定的な理由を挙げた。一つ、部室には常に人がいた。二つ、揚げパンは四つだった。三つ、外部の人間が無断で揚げパンを食べるのはあまりに非常識だ。しかし証言を聞き検討を加えるうち、この三つの理由は崩壊した。

門地くんの沈黙、真木島さんの嘘、杉さんの気遣いが少しずつ状況を歪め、状況を不可思議なものにしていた。すべてを整理すれば、起きたことはこれほど明白だ。

「……なんてこった」

健吾が呟く。

「無関係な生徒に、タバスコ入りベルリーナーが渡ったたっていうのか。不運すぎるだろう、五分の一だぞ」

「そうだね。彼か彼女か知らないけれど、不運だった。事故だよ、これは」

「事故と言っても……おい、どうする」

最後の言葉はぼくにではなく、新聞部員たちに向けられていた。

「どうするって、ど、どうしよう」

「校内放送したら？　食べるなって」

「間に合うかよ、一時間は前だぞ」

泡を食ってこれまでにない団結力を示している新聞部員を横目に、ぼくは見知らぬ外部犯のことを考える。まったく気の毒だ、ただアンケートを届けに来ただけだったのに。きっとぼくと同じように、クラスではあまり目立たない子なのだろう。揚げパンを見つけて、その場では食べずに持って帰った。まだ食べてなければいいけど、もし食べていたら……。

さぞ、びっくりしたことだろう。最初はなにが起きたのかわからなかったに違いない。ひとしきりむせて、水を飲みに走っただろう。くちびるが真っ赤に腫《は》れたかもしれないし、そうったら窓を開けて風に当たったりして、腫れを冷やそうとしたかもしれない。しばらくは呂律もまわらなかっただろう。それに、ひょっとしたら……。

「あ」

「どうした。なにか気づいたのか」

真剣そのものの表情で訊いてくる健吾に、ぼくは慌てて手を振った。

「いや、なんでもない、なんでもないんだ。ただ、アンケートを届けに来ただけのその子は」

「なんだ、言えよ」

ぼくは思わず、唾を呑み込んだ。くちびるが赤く、呂律がまわっていないその子は窓のそば

にたたずんで、

「……たぶん、涙さえ流していたんじゃないかと思ってね」

健吾は眉を寄せ、なんだそれは、と呟いた。

花府《フィレンツェ》シュークリームの謎

1

十二月が終わるまで冬の気配もなかったのに、年が改まると待ってましたとばかりに冷え込んできた。冬休みをどこでどう過ごしたのか知らないけれど、三学期に入って学校で顔を合わせるや否や、小佐内《おさない》さんがふくれっつらでこう言った。

「帰りに行きたいお店があるから、エスコートしてください」

「いいけど……いつ？」

「今日の放課後」

「それは急だね」

思いも寄らないことだったというように目を見開いて、小佐内さんはおずおずと訊《き》いてくる。

「言われてみれば急かも……だめ？」

年末年始、ちょっとしたアルバイトをしていたのでふところには余裕があるし、予定も特になかった。単独行動を恐れない小佐内さんが敢《あ》えてぼくを甘いものに誘うのは、もちろん何か事情があるのだろうけれど、平素より格別のご高配を賜《たまわ》っている互恵《ごけい》の間柄だ、別段詮索《せんさく》には及ばないだろう。

「だめじゃないよ。わかった、行こう」

そう言うと小佐内さんは微笑《ほほえ》んで、ボブカットを揺らしながらこくりと頷《うなず》いた。

待ち合わせは昇降口の前と取り決めて、放課後すぐに約束通りの場所で待っていたのだけれど、これは場所が悪かった。冷たく乾いた風がひっきりなしに吹き込んで、実に、実に寒い。このあたりは冬でも防寒具なしで過ごせる日が多く、ぼくも油断と強がりで防寒具のたぐいはマフラーだけで通学しているのだけれど、今日ばかりは寒すぎて危険さえ感じる。自分を腕で抱え込みながらはやく待ち人が来ないかと廊下をきょろきょろと見まわし、まず右を見て、次に左を見て、もう一度右を見たら目の前にいた。

「お待たせ」

小佐内さんは、寒さへの対策にいささかの怠《おこた》りもなかった。濃紺《のうこん》のダッフルコートにクリーム色のイヤーマフ、同じ色でファーの縁《ふち》取《ど》りのある手袋を身につけ、タータンチェック柄のマフラーで目の下まですっぽり覆《おお》っている。小さい体をぽんぽんに着ぶくれさせて、なぜか目だけがやけに得意そうだ。

「あったかそうだね」

見たままの感想を言うと、小佐内さんはマフラーに埋もれた首を傾《かし》げ、

「え？　冬だもの、寒いよ」

と言った。

墨色《すみいろ》の分厚いタイツを穿《は》いているけれど、靴《くつ》は特に耐寒性があるようには見えないローファーだ。二人並んで校門を出ると、小佐内さんは先に立って、どこに向かうとも言わずにすたすた歩いて行く。小佐内さんは口数が多い方ではないので黙っているのは別に変ではないし、ぼくの方は寒さのあまり口を利《き》くのも億劫《おっくう》だったので、寒風に吹かれながらひたすら無言で歩くことになった。

どうやら、目指す場所は駅の方向にあるらしい。道の両側には次第に店が多くなり、いつしか頭上にアーケードが張り出してくる。道行く人たちはみな、小佐内さんほどではないけれどきっちり防寒着を着込んでいて、マフラーだけの自分がひどく寒々しく思えてきた。

やがて、ある店の前で小佐内さんが立ち止まった。甘味処《かんみどころ》の看板が出ていて、ショーケースの中には、おしるこや団子のサンプルが並んでいる。

「ここ？」

小佐内さんはこくんと頷いた。

「お正月ですから」

なるほど、どちらかといえば洋菓子派の小佐内さんが甘味処とは珍しいと思ったら、年明け

らしくお餅を食べようという算段らしい。

がらがらと音を立てて小佐内さんが引き戸を開けると、温かい空気が流れ出してきた。六席ほどの小さな店で、空《あ》いているテーブルは一つしかない。テーブルはすべて四人がけなので、小佐内さんが一人で来るのをためらった理由はよくわかった。ご年配のお客さんが多く、皆ほくほくとした顔で甘味を楽しんでいる。

「いらっしゃいませ。そちらのテーブルへどうぞ」

と案内してくれた店員さんは大学生ぐらいで、声も明るく動作も機敏だった。通されたテーブルはエアコンの吹き出し口に近く、温風を首すじに浴びてほっと一息つく。小佐内さんはイヤーマフもマフラーも外さず、それでもさすがにダッフルコートだけは脱いで、手近なメニューを手にとって真剣に見始めた。ぼくにも見せてほしい。

「田舎《いなか》しるこ……」

「じゃあ、ぼくもそれで」

「それとも、御膳《ごぜん》しるこ……」

「じゃあ、ぼくもそれで」

きろりと睨《にら》まれた。

「小鳩《こばと》くんには主体性がないの？」

ぼくにもメニューを見せてほしい。

まわりを見まわすと、注文できるものを書いた短冊《たんざく》が飴色《あめいろ》の壁に貼ってあったので、それを見て注文するものを選ぶ。結局小佐内さんは田舎栗しるこなる品を頼み、ぼくは御膳しるこを頼んだ。小佐内さんはなぜか恨みがましい目でぼくを見て、

「そう、小鳩くんはこしあんなのね。わたしたちがもう少し親しかったら、シェアをお願いするところよ」

と言った。両方頼んでもいいんだよと言いたかったけれど、そう言ったら小佐内さんはたぶん本当に二杯頼んでしまうだろうし、そんなことをしたらさすがに夕食が食べられなくなるだろう。小佐内さんの栄養バランスを考えて、ここは黙っておく。

それにしても、今日の小佐内さんは少し様子がおかしい。なんというか、せっかく甘いもののお店に来ているのにあんまり嬉《うれ》しそうじゃないというか、気持ちに余裕がなさそうだ。やがて到着したおしるこをじっと見て、両手を合わせて拝んでもいる。いただきますは言う子だけれど、こんなに熱心に祈りを捧げるのは初めて見た。思わず訊く。

「どうしたの、真剣に」

小佐内さんはううんと唸《うな》って話すかどうか悩んでいるようだったけれど、しるこを前にして時間を無駄にはしたくなかったのか、溜め息をついて短く言った。

「今年初めての甘味に、厄《やく》が落ちますようにってお願いしてたの」

いわば甘味開きか。そんな風習聞いたこともないけれど。

「去年は、心穏やかに甘いものを食べられることが少なかったから。特に後半なんて、さんざんだったもの」

それだけ言うと小佐内さんはマフラーを外して木の匙《さじ》を手に取り、つぶあんをすくい取って何度も息を吹きかけ、口に運んだ。小佐内さんは猫舌なのだ。

後半がさんざんだというのは、古城《こぎ》さんの中学校の文化祭に行ってニューヨークチーズケーキを玩味《がんみ》して、帰る前にもう一度食べていこうと思っていたのに思いがけず拉致《らち》されて、思いを果たせなかったことを指すのだろう。それからたぶん、例の新聞部の一件も。だけど、秋口のことはどうだったろう。話題の新店がオープンするというので名古屋まで行ってマカロンを頼んだら、三つのはずがなぜか四つに増えていた。小佐内さんとぼくはその理由を解き明かさずにはいられなかったけれど、マカロンを食べられなかったわけではない。

「パティスリー・コギは、よかったと思うけど」

そう訊くと、小佐内さんの匙が空中でぴたりと止まった。

「そうね……」

「ご不満が?」

「あんなに素敵な季節限定のマカロンを前にして、わたし、集中を欠いていた。憶《おぼ》えているのは指輪のことばかり……悔やんでも悔やみきれない」

武道のようなことを言っている。

ぼくの分のおしるこも来たのでさっそく一匙いただくと、熱さと甘さが体に残った寒気を一気に追い出して、背すじがぞくぞくした。ふたり向かい合わせで、しばし無言で匙を動かす。ほうと一息ついて今度は箸《はし》を取り、狐色《きつねいろ》に焼けたお餅を食べると絶妙の弾力で、なんとも気持ちいい。

「それで」

と、ぼくは言った。

「去年は不幸だったたって改めて思ったきっかけが、何かあるんだよね」

深い根拠はない。去年はよくなかったとずっと思っていて、今年はいいことがありますようにと願って厄を落とすにしては、三学期が始まってからという時期は少し遅いような気がしたのだ。小佐内さんは匙を動かす手を止めて、上目遣いにぼくを見た。

「……やっぱり、勘がいいのね」

「どうも」

「勘のいい人は好きよ。わたしのことを見抜かない限りはね」

小佐内さんは匙から手を離し、鞄《かばん》から薄い雑誌を取り出した。オルカという名前の、駅や本屋で見たことがあるミニコミ誌だ。

「最初の記事を見て」

言われるままページをめくると、名古屋で日伊パスティチェーレ交流会が開かれたという記事が目に飛び込んできた。パスティチェーレはパティシエのイタリア語だそうで、日本とイタリアのパティシエたちが立食パーティーで楽しい時間を過ごしたそうだ。これがどうしたのと訊きかけて、いや、すぐ答えを聞いては面白くない、この記事の何が小佐内さんを刺激したのか当ててみようと考え直す。

記事を読んでみると、交流会の式典や来賓《らいひん》のスピーチについてはほとんど触れられておらず、紙幅《しふく》はもっぱらパーティーの料理、それもデザート類に大きく割かれている。おやと思って目次に戻ると、新規開店のケーキ屋の情報やおつかいものの新商品の紹介などがずらりと並んでいた。どうやらこのミニコミ誌そのものが甘いもの好きのために作られているらしい。日伊パスティチェーレ交流会では市内の洋菓子店数店が腕を振るってイタリア菓子を用意したそうで、ズッパイングレーゼとかザバイオーネとか言われても何のことかよくわからないけれど、ティラミスやパンナコッタならぼくも知っている。小佐内さんは華やかなイタリア菓子の記事を読んで、ふと我が身が哀れになったのだろうか。そんなことではない気がするけれど……。

なかなか勘所《かんどころ》をつかめないぼくに苛立《いらだ》ったのか、小佐内さんが短く言う。

「写真」

ああ、写真か。そういえばちゃんと見てはいなかった。どこかのホテルなのだろうか、床はカーペット敷きで広々としていて、天井からは煌《きら》びやかなシャンデリアが下がっている。彫刻なのか、それとも飴細工ででもあるのだろうか、テーブルでは大きなしゃちほこが反り返っている。これは名古屋を表わしたものだろうから、どこかにはイタリアを表わしたものもあったのだろうけれど、写真には写っていない。別の写真でアップになっているケーキ類はどれもおいしそうで、珍しいものばかりではなく、見慣れたシュークリームなんかも並んでいた。また別の写真では髭《ひげ》を生やした若い白人男性と、日本人なのだろう中年の男性がワイングラスを手に笑いあっていて、その背後では、何か楽しいことがあったのかセーラー服姿の女の子が斜め上を見て満面の笑みを浮かべている。写真の上に「交流パーティーははなやかに」という文字が乗っていて、最後の「に」の字が女の子の頭部にかぶっていた。

いや、この子は……。

「古城さんじゃないか」

古城秋桜《こすもす》さん、去年の秋に思わぬことで出会った中学生だ。このセーラー服も見たことがあると思ったら、古城さんが通う礼智《れいち》中学の制服じゃないか。

「そうなの」

と言うと、小佐内さんはちょっと眉根を寄せておしるこを口に運ぶ。なるほどつまり、

「ねたんでいるんだね」

「うらやんでいるのよ」

晴れの場で堂々とイタリア菓子を堪能《たんのう》して笑っている古城さんと昨年の自分を引き比べて、ちょっとかなしくなってしまったのだろう。小佐内さんの匙のペースが速くなる。

「わたし、この記事見たとき、熱が出ていたの。ベッドの中でつらいなあって思ってて、治ったらきっといいことがある、いいことがないと釣り合いが取れないって思って、そんなときに素敵なパーティーの記事を読んだら古城さんがほっぺにクリームつけて笑っていたの」

言われてよく見れば、たしかに古城さんの頰、というかくちびるの端にはクリームがついていて、それがまたなんとも幸せそうに見える。

「それは、ねたむね」

「うらやんだのよ」

そんなに意味が違うかな……。

「いちおう訊くけど、熱はもう引いたの？」

小佐内さんはちょっと目を丸くした。

「うん。もう大丈夫。ありがとう」

どういたしまして。お餅をつるりと食べて、付け合わせの柴漬けも少しつまんで、小佐内さんはほうと息をつく。

ミニコミ誌を閉じて、改めてオルカという誌名が書かれた表紙を見ると、名前を知らない女優さんがパフェを前にして微笑んでいた。

「これ、すごい雑誌だね。オルカってケーキ用語か何かなの？」

小佐内さんはおしるこをすくいながら、

「鯱《しゃち》」

とだけ言った。言われてみれば……単に、名古屋のミニコミ誌だから名古屋っぽい名前を付けただけのようだ。栗の甘露煮をもぐもぐと食べ、お茶を飲んで、小佐内さんは左手の人差し指を左右に振った。

「オルカはもともとただのミニコミ誌でしたが、六年ぐらい前に編集長が替わってからスイーツに力を入れるようになりました。この差別化路線があたって、いまでは市外でも売られています」

「あ、無料配布じゃないんだ」

「小鳩くん、黙って持ってきたりしてないよね？」

そんなことするわけがない。小佐内さんは左手の人差し指を振りながら、続ける。

「……特に、年末恒例オルカ注目ことしのスイーツ店ランキングは意外と強い影響力があり、ここでランクインすると東京や大阪のデパートからもお声がかかるという噂があります。去年までは三年連続で八事《やごと》のマロニエ・シャンが一位でしたが、今年は一位が入れ替わりました」

話の先が読めた。

「もしかして、古城さん？」

小佐内さんが満足げに頷く。

「わかってるわね、小鳩くん。そうです。パティスリー・コギ・アネックス・ルリコが今年の一位でした」

開店は秋だったはずなのに年末のランキングでいきなり一位をかっさらうとは、驚きの快進撃というべきか。そんな店にオープン直後から馳《は》せ参じたというのだから、小佐内さんのアンテナは実に感度が高い。

「すごいね。行けてよかったね」

心からの言葉だったのに、小佐内さんの表情が不意に曇《くも》った。

「そうね。……ただおいしかったって言って帰ってこられたら、もっとよかったんだけど」

ああ、また暗くなってしまった。小佐内さんはお茶を飲み、そのまま湯呑みを大きく呷ると、とんと音を立ててそれをテーブルに置いた。

「……とにかく、わたし、今年はいいことがあるといいなって思ってるの。お菓子の中に変なものが入っていなくて、せっかくのいちごタルトが盗まれたりしなくって、ケーキを食べたかっただけなのにいきなりさらわれたりしなくて、満ち足りた気持ちで素敵なお菓子を好きなだけ味わって、ええもう充分いただきました、ありがとうございますって言いたいのよ」

芋粥《いもがゆ》かな？

「その点、今日は大丈夫そうだね」

励ますつもりでそう言うと、小佐内さんは少し考えるような間を置いてから頷いた。

「うん。おしるこ、とてもおいしい。あたたまる」

とはいえ、心から満ち足りているわけではなさそうだ。縁起担ぎの甘味開きに正月らしくお餅を食べて、おいしかったのも事実だろうけれど、三昧境《さんまいきょう》とはちょっとニュアンスが違うといったところだろう。こんなに気の毒な話を聞いてしまっては、夕食の心配などしている場合ではない。早くもお椀を空にして、ぼくの御膳しるこをちらちら見ている小佐内さんに提案する。

「もう一杯頼んだら？」

「え……でも、そんな……だめよ、小鳩くん。でも……そう？」

誰に対して悩むポーズを見せているのだろう。結論が決まっているなら行動あるのみじゃないか！　そして実際、小佐内さんが店員さんに片手を挙げかけたその瞬間、低い唸りが耳に届いた。マナーモードに設定された携帯電話の、着信を知らせる音だ。思わずポケットを探るけれど、ぼくのは動いていない。小佐内さんがスカートのポケットから携帯電話を出して画面表示を見て、

「噂をすれば影」

と言った。つまり、古城さんからの電話だ。小佐内さんは席を立った。

「ちょっと出てくるね」

おしるこを平らげてからでよかった。引き戸を開けて外に行く小佐内さんを見送って、ぼくは自分の御膳しるこに改めて向かい合う。お椀はまだ熱く、さらさらのおしるこはとても甘いはずなのに飽きがこない。おしるこを食べるためにお店に入ろうだなんて考えたこともなかっ

たけれど、これはいいことを教えてもらった。柴漬けのしょっぱさもいい箸休めで、ときどき口をつけるお茶もいつになくおいしく感じる。ああ、体が温まってきた。

と思ったら、冷たい風が吹き込んできた。小佐内さんが引き戸を開けて戻って来たのだ。よほど寒かったらしく、両腕で自分を抱きしめている。防寒具もなしに外に出れば、そうもなるだろう。ゆっくり椅子に座るその表情が少し曇っているのは、ぼくのお椀がもう空になっていることと少しは関係がありそうだけれど、それが理由のすべてでもなさそうだ。

「どうしたの?」

そう訊くと小佐内さんはまず温かいお茶を一口飲み、それから小首を傾げた。

「わたしも事情はよくわからないんだけど」

答えがそこに出ているというように携帯電話を見つめ、モニタ表示の消えたそれをポケットに戻しつつ、言葉を続ける。

「古城さんが停学になったって。ひどく泣いていたわ——無実なのに、って」

2

次の土曜日、ぼくは朝から小佐内さんと並んで東海道線に乗り、名古屋へと向かった。

中学生だった頃、ぼくの身のまわりでもいろいろなことがあった。思い出したくないことや……それから……ええと、思い出したくないことばかりかな。ともかく、社会規範に反するような行動を取る学友も何人かはいたけれど、彼らは生徒指導室で手厳しい譴責《けんせき》を受けこそすれ、停学になることはなかった。ぼくや小佐内さんが通った中学校は公立で、義務教育を受けている生徒の出席を禁じることには問題があったからだ。古城さんが受けた処分を正確に言うと「自宅学習」というものらしいが、要するに停学で、私学ならではの措置だと変に感心してしまう。

傷心の古城さんを小佐内さんが慰めに行くのは、別に不思議でもなんでもない。ところが今回、ぼくにもお呼びがかかった。古城さんはぼくのことをよく思っていないはずなのだけれど、小佐内さんの説明によると、

「たしかにちょっと屈託はあるみたいだけど、本人が小鳩くんにも来てほしいって言ってるの。文化祭のとき、わたしを助けようとしてくれたでしょう？　あれで小鳩くんのことを見る目が少し変わったみたい。いっしょに話を聞いてほしいんだって」

とのことだ。ぼくは、自尊心が満たされて嬉しかった……とは、言えなかった。古城さんには何も罪はないけれど、赤の他人に当てにされると、少し嫌なことを思い出すのだ――小市民をこころざそうと小佐内さんと約束する前の自分を。けれどまあ、それで頼みを断るというほど、ぼくは自分を大事にする気はなかった。

やはりもこもこに着ぶくれた小佐内さんと名古屋駅から地下に潜り、複雑怪奇なルートを辿って地下鉄東山線の覚王山《かくおうざん》駅から地上に出ると、冬空があきれるぐらいに澄んでいた。周囲は住宅街らしく、幅の広い道の両側に五、六階建てのマンションが並んでいる。小佐内さんは一度来たことがあるようで、周囲をざっと見まわしただけで「こっち」と歩き出した。

幹線道路から離れると、あたりは一気に静かになる。アスファルトは色褪《いろあ》せ、「止まれ」の看板は少し傾いでいる。一軒家も多く、植え込みから落ちた葉が冷たい風に吹かれて道路を滑《すべ》っていった。小佐内さんは、四階建ての真っ白なマンションの前で立ち止まり、ガラス戸の前に立った。ドアは開かなかった。

「……あれ?」

「ぼくは初めてだからわからないけど、オートロックなんじゃないかな」

小佐内さんは何も言わず、はじめからその予定だったというようにガラス戸の脇のパネルを操作する。すぐに、くぐもった声の返事があった。

『はい』

「こんにちは。小佐内ゆきです」

途端にパネルから聞こえる声が喜色を帯びる。

『あ、はい!　開けます!』

ガラス戸が開いていく。ぼくは聞き逃さなかった、開く瞬間、小佐内さんがぼそっと「ひら

け ゴマ」と言ったのを。

古城さんの自宅は、最上階の角部屋だった。よく知らないけれど、これはかなりの好条件なのではなかろうか。古城さんの父親は古城春臣《はるおみ》といって、東京に店を構える有名なパティシエだと小佐内さんに教えてもらったことがある。古城春臣は名古屋出身だと聞いていたので、自宅がマンションなのは少しだけ意外だ。勝手に、年季の入った一軒家を想像していた。

焦げ茶色のドアを前に、小佐内さんがインターフォンを押す。

「こんにちは。小佐内ゆきです」

ドアが内側から跳ね開けられる。古城さんは小佐内さんの姿を見るや否や、

「ゆきちゃん先輩!」

と声を上げ、小佐内さんに抱きついて泣き出した。小佐内さんはひどく戸惑《とまど》った様子でぎこちなく手を上げると、おそるおそるといったように古城さんの頭に手を乗せ、それでも優しげに撫でてやった。

古城さんはぼくたちをリビングに通した。白とガラスがモチーフの部屋なのか、壁といい天井といい家具といい、透明感に満たされている。黒いのはスイッチの入っていないテレビぐらいではないだろうか。清潔感のある空間だとは思いつつ、ぼくは少し、病室を連想せずにはいられなかった。センターテーブルに置かれた花瓶に挿してある花束の鮮やかな色合いも、その

印象を強化しこそすれ、弱めることはない。

サイドボードの上にガラス製の写真立てがあるが、これは伏せられていた。壁にはデジタル時計が取りつけられ、十一時という時刻を示している。古城さんはハーブティーを淹れてくれ、ぼくと小佐内さんは白いソファーに座ってそれを受け取った。寒いとかよく晴れているとか、コミュニケーション上不可欠とされる無意味な会話を経て、話は本題へと入っていく。

「メッセージでだいたい読んだけど」

と、小佐内さんが切り出した。

「どうして停学なんてことになったのか、もう一度話して」

ひとりクッションに座る古城さんは、素直に頷いた。

「年越しのときに、クラスの何人かがパーティーしたみたいなんです。ほかの学校の友達とかも集めて、よく知らないんですけど、カウントダウンとかしてたそうです。それで、盛り上がって、シャンパンとか飲んだって聞きました」

ありそうなことだ。黙って頷いていたら、古城さんの目にまたみるみる涙が溜まっていく。

「そんなの、あたしには関係ないのに。あたし、大晦日《おおみそか》はひとりでおせちを作っていたんです。年が明けたらお父さんも帰ってくるし、おじいちゃんの家に挨拶《あいさつ》にも行くし、大掃除だって終わってなかったし、忙しかったんです。でも、学校の先生はお前もパーティーにいただろう、お酒を飲んだだろうって決めつけて、あたしの話なんか全然聞いてくれなかった」

その頬を涙が伝っていく。小佐内さんが何の表情も浮かべずに訊く。

「学校の先生と言ったわね。あなたに停学を伝えたのは、誰?」

「担任の深谷《ふかや》先生。もう決まったことだから私に言われてもどうにもならないって言って……あの先生、あたしのこと嫌いなんです!」

深谷先生が古城さんを嫌っているかどうかはわからないけれど、処分を伝えた時の言葉は少し気になる。その言い分を素直に解釈するなら、停学処分を決めたのは自分ではなく、自分はただの伝達役であるというように聞こえるからだ。

古城さんがひときわ声を高くする。

「あたしがやったことで罰を受けるんなら仕方ないけど、何もしてないのに! あたしだって大晦日はおじいちゃんの家に行きたかったけど、家のことは任せたぞってお父さんが言うからがんばったのに、パーティーに行ったなんて言われて! 許せない!」

「そうね」

と、小佐内さんはぽつりと言った。

「許せないね」

それからしばらくは、古城さんの泣きじゃくる声ばかりがリビングに響いていた。ぼくは何も言えず、小佐内さんもくちびるを引き結んだまま、黙っていることしかできないようだった。

少し落ち着いた古城さんが、それでもしゃくり上げながら言葉を絞り出す。

「ゆきちゃん先輩、あたし悔しい。誰かが、あたしもパーティーにいたって言ったんです。誰が……なんでそんなことを……」

「……知りたい？」

小佐内さんがそう呟《つぶや》いた。

「たしかに、あなたの話を聞く限り、誰かが嘘をついたとしか思えない。それが誰だったのか……誰があなたを罠に掛け、貶《おとし》めたのか……それを知ることは、もしかしたら、出来るかもしれない」

古城さんは真っ赤な目で小佐内さんを見つめる。

「ねえ古城さん。あなたの敵が誰なのか、本当に知りたい？」

ほとんど即座に、はっきりとした返事があった。

「はい」

ぼくにはわかる。小佐内さんは、古城さんに諦《あきら》めてほしいのだ。理不尽を諦め、こんなこともあるさと受け入れる、小市民になってほしいと思っている。だから小佐内さんは言葉を重ねる。

「隠されたことを知ろうとすれば、たいてい代償を払うことになる。こんなことをしてまで知りたい訳じゃなかったと思うことがあるかもしれない。それでも？　何が何でも？」

だけど古城さんは迷わなかった。

「何が何でも！」

そう吼《ほ》えた。

「だって、こんなの許せない！」

「……そう」

小佐内さんは俯《うつむ》いていたから、その表情はわからなかった。かなしがっていたのか、それとももしかして、笑っていたりしたのだろうか。白いソファーに深く座って、小佐内さんはこう言った。

「わかった。わたしがあなたを、助けてあげる」


今回の件で停学になったのは、四人だそうだ。茅津《かやづ》未月《みつき》、佐多《さだ》七子《ななこ》、栃野《とちの》みお、そして古城秋桜。全員中学三年生で、同じクラスだ。

古城さんを除く三人の中で、リーダー格なのは茅津さんだという。

「あんまり話したことはないけど、間違いないと思う。後の二人は茅津さんにくっついていってるって感じだったし……」

だそうだ。どんな雰囲気の子なのか小佐内さんが訊くと、古城さんは何枚か写真を持って来た。体育祭のときの写真がクラスで配られたそうで、全員が体操服を着ている。

「このひとが茅津さん」

年越しパーティーで飲酒して停学になったというから派手な見た目をしているのではと思っていたけれど、そんな単純な見込みは見事に外れた。考えてみれば古城さんの通っている礼智中学校は割に厳しそうなところで、となれば学校行事の最中に奇抜な恰好をしていては通らない。リレー中を撮ったと思《おぼ》しき写真の中の茅津さんは、手も足もいきいきと長く、髪も後ろで束ねてこそいるけれど、ほどけばずいぶん長いと思われた。大人びた顔つきだという感じもするけれど、やはりどこか中学生らしい。

「憶えた」

小佐内さんはそう言うけれど、ぼくがお願いして、写真は貸してもらうことにした。人に見せる機会がないとも限らない。

佐多さんというのは、応援席に座っているところを写しただけなのに、ずいぶんとげとげしい雰囲気のある子だった。それとも、カメラを向けられたことに気づいて、写真が嫌だから睨んだところを撮られでもしたのだろうか。やや丸顔だけれど、別の写真で立ち姿を見れば、特に肉づきがいい方にも見えない。栃野さんはひたいが広く見えるけれど、これは髪を後ろに撫でつけているせいだろう。浅黒く日焼けしていて、写真の中では綱引きで負けた直後らしく、不満げな表情を浮かべている。

「あんまり話したことはないって言っていたけど、茅津さんのグループとは仲が悪かったの？」

念のためそう訊くと、古城さんは首を横に振った。

「別に。クラスの行事だと協力してたし、用事があれば話してた」

ぼくに対してはやはり距離感があるようだけれど、質問には素直に答えてくれる。ぼくにも話を聞いてもらいたがっていたというのは、間違いではないようだ。

「でも、学校の外で会ったことは一度もない。どうしてあたしが茅津さんのグループだと思われたのか、わかんない」

特に疑問に思う点はない発言だったけれど、小佐内さんが鋭く言葉を挟んだ。

「……本当に、一度も会ったことはないの？」

古城さんの表情が強ばる。ああ、どことなく言い方が硬いと思っていたけれど、男の人を相手に緊張していたわけじゃなく、嘘をついていたのか。これはぼくには見抜けなかった。

「ぜんぶ話してくれないと、力になんてなれない。わたしも小鳩くんも、古城さんが何を言っても責める気なんてぜんぜんないけど、嘘はだめ」

顔を赤くして、古城さんは俯いた。

「……一度だけ、一緒にカラオケに行ったことがあります。文化祭の打ち上げで、クラスの半分ぐらいと……。でも、お酒なんて！」

小佐内さんがやさしく微笑む。

「わかった。ほかに忘れてることはない？　茅津さんだけじゃなく、佐多さんや、栃野さんとも関係はなかった？」

「ええと……。佐多さんとは、たぶん本当に一度も話したことがないと思います。栃野さんはスイーツ作りに興味あるみたいだから仲良くなろうとしたことがあるけど、なんだか性格が合わなくて。嫌われてるっていうか、敬遠されてる感じでした」

古城さんのケーキ作りの腕は本格派だ。栃野さんがちょっとクッキーを焼くのが好きという程度の趣味だとしたら、敬遠するのもわかる。

「やっぱり、茅津さんね……」

親指をくちびるに当て、小佐内さんが呟く。前髪の下からちらりとぼくを見て、

「小鳩くん。土地鑑のない街で、待ち伏せって出来るかな？」

と訊いてくる。

「出来なくはないと思うけど。小佐内さん、茅津さんに接触しようとしてるんだよね？」

「うん」

「じゃあ、待ち伏せもいいけど、こんなのはどうかな」

古城さんに訊く。

「茅津さんの電話番号とか、知ってる？　知ってたら、話をしたいって連絡取ってみて」

小佐内さんがぽんと手を打った。その手があったか、というところだろう。まず待ち伏せとか張り込みとかが頭に浮かぶのが、実に反小市民的だ。あとでゆっくり話をしよう。古城さん

は頷いて、すぐに携帯電話を持って来た。

3

茅津未月さんは、古城さんの求めを快諾した。ちょうど昼時だったので、それぞれ食事を済ましてから一時に名古屋駅地下街の喫茶店で会うという約束を取りつける。古城さん曰くあまり流行っていない店で、土曜の午後でも問題なく入れるだろうということだった。

この会見に古城さんは同行しない。「自宅学習」を命じられている古城さんと茅津さんが接触したことがもし露見したら、古城さんは茅津さんグループの一員だという疑惑に自分で太鼓判を押すことになるからだ。話は古城さんの「いとこのお姉ちゃん」が聞くということで、茅津さんにも了解を得ている。

古城さんのマンションを出て名古屋駅に戻り、少し地下街で迷ったけれど十二時半には約束の店に入った。指定の喫茶店は富嶽《ふがく》という渋い名前で、内装も渋く、かかっている音楽も渋く、口髭《くちひげ》を生やした寡黙な店主も渋くて、そしてコーヒーを頼んだだけなのにトーストとミニサラダとゆで卵といなり寿司がついてきた。茅津さんと直接接触するのは小佐内さんだけに留め、ぼくは近くの席で聞き耳を立てる手はずになっている。

小佐内さんは後からもう一人来ることを説明し、四人がけのソファー席を一人で占めている。携帯電話で『プリンアラモードがある』とメッセージを送って来たので、『お昼ご飯にしておいた方がいいよ』と返した。さすがに甘いもので食事に替えるつもりはなかったようで、小佐内さんはサンドイッチを頼んでいた。ぼくも小佐内さんもつつがなく食事を済まし、小佐内さんはホットココアを、ぼくはおかわりのコーヒーを頼んで、約束の時刻を待つ。

予想外の律儀さで、茅津さんは時間ちょうどに現われた。写真で見た女の子が、今日は髪を下ろし、ファーつきのブルゾンを着て来ている。さほど広くもない店内を見まわし、女性の一人客が小佐内さんしかいないことに気づくと、怪訝《けげん》そうに眉を寄せながら近づいていく。

「……あんたが、古城の従姉?」

険《けん》のある声だった。カップを両手で持ってココアを吹いていた小佐内さんが、顔を上げる。

「そうよ、小佐内ゆき。あなたが茅津さんね。休みの日にありがとう」

茅津さんは何も答えず、勧められる前にソファーに座る。ぼくの席からは茅津さんの顔が見え、小佐内さんは後頭部しか見えない。茅津さんは店員さんにバナナジュースを頼んで、おしぼりで手を拭いて、それから言った。

「古城は大丈夫?」

想定していない質問だったのだろう、小佐内さんの返事は一拍遅れた。

「落ち込んでる」

「だろうな。かわいそうなやつ」

そしてまじまじと小佐内さんを見て、訊く。

「同い年ぐらい？」

「わたしは高校生よ」

茅津さんは、どうでもいいというように手を振った。たぶん信じていない。

バナナジュースがテーブルに置かれ、茅津さんはそれを一気に半分ほど飲む。小佐内さんが話を切り出した。

「秋桜からは、あなたたちが年越しにお酒を飲んで、自分は身に覚えがないのに一緒に停学になったって聞いてる。どこか間違ってるところがあったら教えてくれない？」

「いいけど、どこも間違ってない。仲間の家でカウントダウンパーティーして、シャンパンとかシードルとかが出て、あたしらもちょっと口をつけた。古城はいなかったのに、いっしょにいたってことになって、停学になった。ぜんぶ合ってるよ」

茅津さんは気怠《けだる》げに、ソファーの背もたれに身を預ける。

「男もいたって噂になってるらしいけど、馬鹿馬鹿しい。いや、いたけどさ、七歳だったかな。途中で寝ちまったよ。それであたしら、近くの公園で花火とかして遊んでたんだ」

お酒を飲んだのはまずかったけど、ちょっと楽しそうな集まりじゃないか。小佐内さんが質問を重ねる。

「何人ぐらいだったの？」

「十二、三人かな。古城がいてもわからないほど大勢じゃなかったよ」

「仲間内の遊びだったのよね。なんで、それが学校に伝わったの？」

茅津さんは天を仰いだ。

「馬鹿なやつがいてさ。写真撮ったのはいいけど、それをネットに上げたんだよ。で、見つかって、どこかのお節介に通報された。生徒指導に呼ばれて写真を見せられて、わかってるだろうって言われたよ」

「そう……。それは、気の毒ね」

「まあ、しゃあないね」

ずいぶんさばけている。それとも、他人の前で強がっているだけだろうか。あまり顔を上げると警戒されかねないので、ぼくは自分のコーヒーばかりを見つめている。これはこれで奇行だろうけれど。

「その、ネットに上げたっていう写真は持ってる？」

「あー。どうだったかな。たくさん撮ったからな……。ちょっと待って」

ブルゾンのポケットから携帯電話を出して、しばらくそれを操作している。

「あったあった。これだ。みんなで乾杯してるやつ」

茅津さんが携帯電話を小佐内さんに向けると、小佐内さんは少し間を置いて、

「秋桜は写ってないのね」

と言った。たちまち、茅津さんがあきれたような声を上げる。

「あったりまえだろ。いなかったんだから。そう言ってるだろ」

「でも、秋桜は停学になった。通報の写真には写っていなかったのに。……なんでだろ。茅津さん、わかる？」

「さあな。あたしたちが停学になった次の日に学校に呼び出されて、生徒指導の三本木《さんぼんぎ》が決めつけてきたよ。古城もいただろうって」

茅津さんが声を荒らげる。

「言っとくけど、あたしは、古城はいなかったって言ったよ。あたしは言い逃れできないし、する気もなかった。でも、いもしなかった古城を巻き込むつもりはなかったから、あいつはいなかったって何度も言ったんだよ。そしたら、嘘つくなの一点張りで、こっちの話なんか聞きゃしねえ」

「三本木先生って言うのは、いつもそんなふうに人の話を聞かないの？」

冷ややかに小佐内さんが訊くと、茅津さんは首を捻《ひね》った。

「いや……。そんな感じじゃないよ。そりゃあ生徒指導だもん、強面《こわもて》だよ。大声で脅しつけるから、あたしはあいつ嫌い。でも、ヒステリックにあることないこと言いまくるタイプじゃない。そういうやつはほかにいるからね、三本木が違うタイプだってのは、はっきりわかるよ」

それから少し、苦笑いした。

「まあ、ね。あたし、古城だけじゃなく、マロもナナもいなかったって言ったけど。それで信じてもらえなかったんだとしたら、古城にもちょっとは悪かったのかな」

「マロ？　ナナ？」

小佐内さんが鸚鵡《おうむ》返《がえ》しに訊く。

「ああ。マロは栃野、ナナは佐多。佐多七子だからな。マロは……なんでマロなんだろ、そういえば。みんなそう呼んでる」

栃野さんと佐多さんもパーティーにいた証拠が挙がってるのにいなかったと強弁したのなら、たしかに、茅津さんの発言はまったく信じてもらえなくなっただろう。もっとも、それが古城さんに不利に働いたとまでは思わないけれど。

小佐内さんは少し考え、

「その画像、送ってもらってもいい？」

と訊いた。停学の原因になった写真だというのに、茅津さんはさほど警戒する風もない。

「いいよ、別に」

それから二人は、しばらくデータのやり取りをしていた。最後に茅津さんは、

「古城を励ましてやってよ。あいつ、こういうの慣れてないと思うから」

と言ってバナナジュースを一気に飲み干し、ジュース代きっかりの小銭をテーブルに置いて

いった。

　茅津さんが去るのを見届け、ぼくは店員さんにテーブルを移動したいと告げて、小佐内さんの向かいに座る。ココアのカップを手に、小佐内さんが訊いてきた。

「聞こえてた？」

「うん、よく聞こえた」

「三本木先生に会わないと」

「ちょっと光が見えてきたね」

　小佐内さんはこくんと頷いた。茅津さんは写真という証拠を元に停学にされたのだから、古城さんが停学になるにあたって何の証拠もなかったとは考えにくい。そして、古城さんが無実だということを信じるならば、その証拠は捏造《ねつぞう》されたもので、そこには作為がある。作為とは足跡だ。辿ることができる。

「でも、接触が難しいなあ」

「そうね……」

　学校は閉鎖的な場所だ。文化祭の日でもなければ、関係者以外は近づけない。茅津さんからは「古城さんを心配している従姉」という立場で話を聞けたけれど、三本木先生から話を聞くには、それではだめだ。取り次いですらもらえないだろう。

小佐内さんは無表情のままカップを置いて、両手を頭に当てた。頭を抱え込むぐらいお手上げですという意味なのか、それとも、頭をマッサージしてアイディアを出そうとしているのかもしれない。たぶん前者だろう、三本木先生から話を聞くにはどうしても、然《しか》るべき立場が必要だ。

「三本木先生を尾行して……」

うん、尾行からいったん離れよう。問題が大きくなりかねない。ぼくは冷めかけのコーヒーを飲み、さしたる考えもないままに言う。

「話を聞かせてくれと言って相手にしてもらえそうなのは、保護者だけだね」

ぼくや小佐内さんがいかに演技力を駆使しても、古城さんの保護者には見えないだろう。手詰まりだという意味で言ったのだけれど、小佐内さんは突然、

「あ、そうか。さすが小鳩くん」

と声を上げた。

「古城さんの保護者に協力してもらえばいい。簡単なことね」

「どうかな。古城さんのお父さんは、たしか東京に店を持っているパティシエだったよね？」

「古城春臣です。満を持してオープンしたパティスリー・コギが……」

「ありがとう。前回の講義は憶えてる」

古城春臣が名古屋の自宅に帰るのは、休日だけだそうだ。休日というのは小売りの書き入れ

時である週末のことではないだろうから、土曜日の今日、彼はこの街にいない。そして古城さんの母親は故人だ。

「……考えてみれば、古城さんってふだんどうしてるのかな。まだ中学生なのに、あのマンションでひとり暮らしなんだよね」

ふとそう呟くと、ひどく冷たい目を向けられた。

「いまさらそんなこと言うの？」

去年の秋にはわかってたことじゃない、とでも言いたげだ。その通りなのだけれど、古城さんの生活状況なんていまのいままで気にかけたこともなかった。

「近くの一戸建てにおじいちゃんとおばあちゃんが住んでいて、いろいろ面倒を見てくれてるみたい。お父さんからは東京で一緒に住まないかと誘われてるけど、こっちには友達もいるし、いまの学校だってがんばって受験して入ったんだし、あと一年だし、どうしようかずっと迷ってるって言ってた」

「そっか」

別に古城さんを心配したつもりはないけれど、ちょっとほっとした。お互い、飲み物を口に運ぶ。やがて、小佐内さんが言った。

「手段は一つね」

小佐内さんが言う手段とは何か、ぼくにも察しがつく。

「そうだね、一つだ」

近くに住むというおじいちゃんたちに協力を仰いだとしても、学校の硬い門は打ち破れないだろう。ご心配はわかりますが連絡は保護者からお願いしますと言われるのが関の山だ。ここはどうしても、親という立場が必要になる。

古城春臣は、自分の店で働いているパティシエ田坂瑠璃子《たさかるりこ》と再婚を考えていた。もし既に入籍の手続きを済ましているなら、戸籍上、田坂瑠璃子は古城秋桜の母になる。そして田坂瑠璃子はこの街に去年オープンしたパティスリー・コギ・アネックス・ルリコの店長であり、つまり、この街にいる。懸案事項は一つだけだ。

「古城さんは嫌がらないかな。お父さんの再婚には反発してたよね」

古城さんは自分の問題に田坂瑠璃子が絡んでくることを決して好まないだろう。ところが小佐内さんは、あっさりと言ってのけた。

「もちろん、嫌がるでしょうね。でも、手段は一つしかない。まずは再婚したかどうか、古城さんにたしかめないと」

小佐内さんは立ち上がり、渋い店主に「外で電話をしてきます」と言って店を出て行く。まあ、そうなるよね。古城さんは小佐内さんに協力を求め、小佐内さんはそれに応じた。なら、取るべき手段があるのにためらうことはしない——たとえ、その手段のことを古城さんがどう思おうと。

小佐内さんはすぐに戻って来た。

「大丈夫だって」

それはよかった。残ったコーヒーを飲んで、席を立つ。地下にいるから距離感がよくわからないけれど、パティスリー・コギ・アネックス・ルリコは、ここからさほど遠くはないはずだ。

4

地下街を出ると、外は冬のビル風が吹きつけている。マスクとイヤーマフ、マフラー、手袋を完備して、小佐内さんは意を決したように歩き出す。

「古城さん、電話でびっくりしてただろう」

歩きながらそう訊くと、小佐内さんは頷いた。

「なんでそんなこと訊くんですかって言われた」

「どう答えたの?」

「必要だからって言った」

年下の子にはもう少しやさしくしてあげてもいいのに。そう思っていたら、小佐内さんがふと携帯電話を取りだした。ちらとモニタを見て、すぐコートのポケットに戻す。

「古城さんから?」

「うん。あの人に話すぐらいなら、何もしないでくださいって」

まあ、そう言うだろうね。

「それでも行くんだ」

小佐内さんはぼくを見上げた。どう答えるかわかっているくせに、とでも言いたげな、責めるような目で。

「あの子は、何が何でもと言ったから」

そうだね、たしかにそう言っていた。言葉には責任が伴うし、なんと親切にも痛みは予告されてさえいた。小佐内さんは歩く速さをほんの少しも緩《ゆる》めない。あまりに緩めなさすぎて赤信号に突っ込みそうになったので、襟首《えりくび》をつかんで引き戻す。

道すがら、小佐内さんが訊いてくる。

「茅津さんの話で、何かおかしなところはあった?」

あるといえば、ある。

「茅津さんたちは三本木先生から指導を受け、古城さんは担任の深谷先生から指導を言い渡された。だけどこれは、単にそのとき誰の手が空いていたかとか、茅津さんたちが特に問題児と見なされていたからとか、そのぐらいの違いだろうね。たいしたこととは思えない」

小佐内さんが頷く。

「でも、茅津さんたちと古城さんとの時間差は、おかしいかな」

小佐内さんはマフラーにうずめた首をぎこちなく傾げた。

「時間差……？」

「茅津さんたちはパーティーの写真がネットにアップされたことで停学になった。たぶん、栃野さんと佐多さんも同じだろうね。だけど古城さんは違った。一人だけ、一日遅かった。それがなんでだろうとは思ってる」

満足げな目で、小佐内さんは頷いた。

「わたし、そこには注目してなかった。小鳩くん、さすが」

よせやい。

この時間差が何を意味するのか、いまははっきりとした答えが出せない。いくつかの仮説はあるけれど、それについて討議するにはまだ調べるべきことが多いし、何よりビル風に吹かれる路上というのはいかにも場所が悪いだろう。見覚えのある交差点が見えてくる。

十字路に面したビルの一階の、煉瓦《れんが》調のタイルで装われたパティスリー・コギ・アネックス・ルリコは、冬の寒さをものともせずにほぼ満員だった。イートインは全席埋まり、ショーケースの前に並ぶ客たちは笑顔でケーキやマカロンを品定めしている。店員さんたちはさほど慌てる風もなく、それぞれの注文をさばいていた。そのうちの一人の手が空くのを待って、小佐内さんがマフラーを下げて話しかける。

「すみません。店長さんはいらっしゃいますか」

「店長ですか?」

そう問い返すも、店員さんはさほど訝《いぶか》る様子もなく答えてくれた。

「すみません。いまは外に出ています」

壁の時計を見ると、二時を少し過ぎたところだった。外出しているというのは方便で、店の奥で昼の休憩をとっているのかもしれない。小佐内さんも同じことを思ったのか、ポケットから折りたたまれた紙片を出して店員さんに渡す。

「もしお戻りになったら、この紙を渡してくれませんか。わたし、古城秋桜さんの友達で、急いで店長さんにお話ししないといけないことがあるんです」

店員さんはさすがに不審そうな表情を浮かべたけれど、オーナーである古城の名前が少しはものを言ったのか、笑顔を作って「少しお待ちください」と言ってくれた。店の奥に消えていく店員さんの後ろ姿を見ながら、ぼくは訊く。

「あんなメモ、いつ書いてたの?」

小佐内さんはちょっと笑った。

「いつでしょう」

そんな馬鹿な、ずっと一緒にいたのに気づかなかった……。ほどなく店員さんが戻って来て、「こちらへどうぞ」と案内してくれた。

モダンで清潔感のある店内に比べて、店の奥はふつうのビルだった。ノブのない、どちら側からも押して開けられるドアの先は、小さな事務室になっていた。パイプ椅子と、弁当ぐらいなら広げられそうな小さな机がまず目に入る。その机の奥にはもう一台、書類を乱雑に積み上げた味気ない事務机が置かれていて、それに向かい合って女の人が座っていた。この人が店長さんだろう。胸にネームプレートをつけていて、フルネームで田坂瑠璃子と書かれているので、戸籍上はどうあれ職場では田坂を名乗っていることがわかった。

田坂さんはぼくたちを案内してくれた店員さんに、「ありがとう」と言って微笑んだ。店員さんは一礼して戻っていく。三人だけになった狭い部屋で、田坂さんはまず、

「どうぞ、座って」

と言った。ぼくと小佐内さんはマフラーを解き、小佐内さんはマスクとイヤーマフと手袋も外して、それぞれパイプ椅子を引いて座る。

田坂瑠璃子さんは細面《ほそおもて》で、髪は後ろに撫でつけていた。眉は細く、目はどこかかなしそうで、くちびるは小さい。両手を机の上に置き、左手を右手でつつみこむようにしていた。化粧はしていないようで、その声は穏やかだった。

「秋桜さんのお友達だそうね」

「はい」

「そう……」

お互いに探り合うような沈黙が下りる。

「それで」

口火を切ったのは田坂さんの方だった。

「どんなご用？」

小佐内さんは、田坂瑠璃子の内心を見透かそうとでもいうように目を凝らしていたが、用を訊かれると堂々と答えた。

「古城秋桜さんが、飲酒の疑いで停学になりました。でも本人は無実だと言っていますし、実際にお酒を飲んだグループも、古城さんはその場にいなかったと言っています。学校は古城さんもその場にいたという証拠を持っているようですが、わたしは古城さんの無実を信じているので、その証拠は偽物だと思っています。学校に事情を聞きたいのですが、そのためには古城さんの保護者から学校に問い合わせてもらう必要があります」

田坂さんの眉に、少し動揺が走った。

「……それで、どうしてここに来たの？」

小佐内さんは即座に答える。

「田坂さんが秋桜の保護者だからです」

小さな溜め息が、田坂さんのくちびるから漏《も》れた。

「それは、秋桜さんが言っていたのかしら」

「言っていたのは、田坂さんと古城さんが結婚したということだけです。あの子はわたしがここに来ていることも知らないし、知ったら、たぶんわたしを許さないと思います」

田坂さんが指を組み替え、それで左手が見えるようになった。指輪は見当たらない。やはり、仕事中には指輪をしないのだろう。

「……停学だなんて。知らなかった」

そう呟いた瞬間、穏やかで理知的な田坂さんの表情に自嘲《じちょう》の色が走ったのをぼくは見逃さなかった。けれどぼくは、それを口にしないだけの最低限の自制心は、ようやくのことで身につけることができている。

古城さんは理不尽な停学を嘆き、小佐内さんに泣きながら電話をかけたけれど、一方で田坂さんには何も話していなかった。それは、もっともなことだろう。ところで、東京に店を構えている古城春臣も娘の停学を知らないとは考えにくい。古城さんが隠そうとしても、学校が連絡するからだ。けれど彼は、再婚相手の田坂さんには娘の現状を伝えていなかった。……他人の家の事情にくちばしを突っ込む気はないけれど、ぼくは、会ったこともない古城春臣がなんだか嫌いになってきた。

「わかりました」

田坂さんの言葉から、迷いや戸惑いが綺麗に消えていた。

「それで私は、何をすればいいの？」

小佐内さんは体が小さいし、顔立ちもどこか子供っぽいことは否定できない。振る舞いも、常に沈着というわけではない——たくさんのマカロンを見るとふにゃふにゃになったりするし。そんな小佐内さんを初対面で信頼し、指示を請うおとなは初めて見た。小佐内さんもちょっと戸惑い、そして言った。

「学校に電話をして、生徒指導部の三本木先生と話してください。古城さんの停学の件で、どうしても直接会って話したいと言ってほしいんです」

「三本木先生、ね」

「了解が取れたら、わたしも同行します。姉という名目でいいんじゃないでしょうか」

田坂さんは一瞬小佐内さんを凝視《ぎょうし》する。姉にするべきか妹の方がいいのか、検討したんじゃないかと思った。それから視線を、壁にかけてあるカレンダーに移す。

「お店は水曜休みで、今度の水曜日はテレビの取材があるから、その後で……」

言いかけた田坂さんを、小佐内さんが止める。

「いえ。こういうことは一時間でも早い方がいいです。できれば、いまから」

「いまから?」

さすがに田坂さんは眉をひそめた。それはそうだろう、週末のいま、営業中の店から店長が抜けられるはずがない。ちょっと目が泳いでいる。

「でも、土曜日だから学校も休みだし、その先生もいないでしょう」

「かもしれないですが、土曜日に出勤している先生も多いです。不在なら仕方がないですが、まず、いるかどうか確かめるべきです」

三本木先生がいるかどうかではなく、土曜日に田坂さんが店を空けられるかが問題なのだということは、たぶん小佐内さんもわかっているはずだ。その上で、速さを求めている。小佐内さんの言うことはもっともだけれど、苛烈だ。ふつうはそこまで早く動けない。

けれど田坂さんは、黙って頷いた。事務机に置いていた携帯電話を手にして、発信する。大事なことは伝えてもらえないのに、古城さんの中学校の電話番号は登録していたのか。ほどなく、相手が出たようだ。

「もしもし。お忙しいところすみません。わたくし、三年E組の古城秋桜の」

少し、言葉が詰まった。

「母の、瑠璃子と申します。お休みの日ですが、生徒指導部の三本木先生はいらっしゃいますでしょうか」

それからしばらくは電話のやり取りが続き、ぼくたちはただ待っていた。小佐内さんはちょっと息をついて、物珍しげにきょろきょろと室内を見まわし始める。ただの殺風景《さっぷうけい》な事務室ではあるけれど、パティスリーの裏側に入るのは初めてで、興味津々《しんしん》なのだろう。

やがて電話を終えると、田坂さんは携帯電話を持ったまま言った。

「いらっしゃるそうよ。行きましょう」

お店は大丈夫なのか、気になるところだ。……いや、大丈夫であるはずがない。それでも、田坂さんは行くと決めたのだ。なら、余計なことは訊くまでもないだろう。

5

礼智中学校には田坂さんと小佐内さんが乗り込むので、ぼくは外で待機することになる。田坂さんにずらずら付いていって、「母です」「姉です」「不肖の兄でございます」と名乗るわけにもいかないので、これは仕方のないことだ。

そのあいだ、ぼくは名古屋駅に戻って、駅ビルで時間を潰すことにした。どこかお店に入ろうかとも思ったけれど、名古屋までの電車代や富嶽でのコーヒー代などを考えると、少し財布の紐を引き締めておきたい。エレベーターに乗って上階の書店に行くと、さすがに土曜日だけあってずいぶんな混みようで、レジには会計待ちの列ができている。文庫の新刊コーナーを冷やかしながら、いろいろと考える。

悪意をもって古城さんを陥れたのは誰かという問いについては、いまのところ、検討することもできない。情報が足りないからだけれど、その情報はいま、着々と集まりつつある。知ってはいたけれど小佐内さんの行動力にはまったく目を瞠《みは》るものがあり、休日にわざわざ名古屋まで来たというのにぼくの出番はこれまでのところほとんどない。物足りない……とは、しかし、さすがのぼくも思っていない。理由もなく罰せられるやりきれなさは、ぼくもわかる。

目についた文庫本に手を伸ばしかけて、ふと、別のことを思いついた。店内を見まわし、天井から垂れ下がる「学習参考書」の幕を見つけてそちらに向かう。三学期は短く、すぐに期末試験があり、学生の本分は勉学だとはいえ、いまは別のことが気にかかっている。赤本や問題集が並ぶ棚を見ながら、目指すものを探す。

「あったあった」

英和辞典が並べてある棚を見つけ、箱から出すのは申し訳ない気がするので箱なしの辞書をそっと引き出す。「M」の項を見ていくが、すぐに、これではどうも間に合わないことに気がつく。それにたぶん、調べたい単語は英語ではない。ちょっと考えて今度は国語辞典を手に取り、「ま」の項を見ていく。

「……やっぱり、そうか」

辞書を閉じ、棚に戻す。ちょっと興味深い事実を知ることができた。古城さんの停学と関係があるかどうかは、まだわからないけれど……。

ところで、言葉の意味を調べるだけなら携帯電話で事足りたのに、思いついたら矢も盾もたまらず辞書を引いてしまった。立ち読みで情報を得てそのまま帰るというのは申し訳ないから、せめてもの償いにと文庫の棚に戻って、前々から買おうと思っていた短編集を買った。文庫にブックカバーをつけてもらっているところで、携帯電話が着信を知らせる。ちらりとモニタを見ると、小佐内さんからのメッセージが届いていた。

書店を出て、改めてメッセージを確認する。

〈おしまい。覚王山駅で会いましょうねー〉

なんだか変な語尾だ。たぶん、予測変換のせいだろう。

地下鉄も二度目ならそれほど迷いはしない。覚王山駅に着いて、どこで合流するのだろうと左右を見まわすと、LEDの灯りに照らされたホームの端で着ぶくれた小佐内さんがベンチに座って俯いていた。近づいても小佐内さんには立つ気配がなく、ぼくだけ立っているのも変なので、隣に座る。

「あのひとは」

と訊くと、小佐内さんは自分の足元を見つめたままマフラーの下から答えた。

「お店に戻った」

田坂さんが店を空けたのは、正味二時間ほどだろう。店長だから好きなときに時間を空けられるなどというわけはなく、たぶん午後は休みを取ったのではないか。それでもやはり、店には戻るらしい。

「自分が関わったことは、古城さんには言わないでって言ってた」

「わかった。それで、首尾は」

「上々」

上り線のホームに電車が入ってきて、数十秒ほどでベルと共に離れていく。騒音が止むのを待って、訊く。

「経過を聞かせてくれるかな」

頷いて、小佐内さんはくぐもった声で話し始める。

「三本木先生とはすぐに会えた。土曜日で案内してくれる事務員さんがいないから、直接応接室に行くように言われていたの。警備員さんとかもいなくて、ずいぶん簡単に入れるんだなって驚いたぐらい。三本木先生は応接室にいて、何かお仕事をしてたみたいで、田坂さんがドアをノックして部屋に入ったら、広げていた書類を鞄に片づけてた。さすが私学ね、立派な内装だった。テーブルは重厚でソファーはふかふか、絨毯の毛足も長かった」

ホームには、ほかに誰もいなくなった。ＬＥＤの冷たい光だけがぼくたちを照らしている。

「三本木先生は、四十歳ぐらいかな。顔つきに険があるひとだって思ったけど、生徒を怒鳴る先生だって事前に聞いてたから、予断があっただけかも。迷惑そうなのを隠しもしないで、お茶も出ませんが、まあどうぞって言って田坂さんを座らせた。わたしのことはちらりと見たきり、誰だとも訊かなかった」

保護者という看板は本当によく効いたようだ。誰何《すいか》されないのならぼくも一緒に行けばよかった。

「結論から言うと、わたしたちの予想通り、古城さんが停学になったのはパーティー会場に古城さんがいる写真が送られてきたからだった。差出人の名前はここでは言えないって言ってたけど、たぶん忘れちゃったか、匿名だったんだと思う。秋桜はその場にいなかったと言っていますがって田坂さんが言ったら、三本木先生はむっとして、写真があるんだから言い訳はできんでしょうって返してた」

「……大晦日に田坂さんと古城さんが一緒にいたかどうか、訊かれなかったの？」

「うん。訊いて、いっしょに紅白見てましたって言われたらどうしようもないからだと思う」

そんなところだろう。

「三本木先生はあんまりひとの話は聞かないで、あの年頃の子は嘘が上手い、学校も力を尽くすけれど自宅での指導も重要ですの一点張りで、あとで田坂さんは怒ってた。きちんと調べもしないで、決定を押し通すことしか考えてなくていい加減だって」

田坂さんは怒っていた、か。口ぶりに何か含みがある。

「小佐内さんはそう思わなかったんだね」

マフラーと前髪のあいだで、小佐内さんの目だけが少し笑う。

「証拠の写真を見せてもらえませんかって言ったら、見せてくれたんだもの。貸してほしいって言ったら、プリントアウトを渡してくれた。あんなに良心的な先生、わたし、初めて見た。

怒ったりなんてできない」

それはすごい。

「いくら保護者だっていっても外部のひとに情報を渡してくれるなんて、本当にいいひとだね。よほど上手く交渉したのかな」

「秋桜が絶対に行ってないって言い張ってるから証拠をつきつけたいとは言ったけど」

「たぶん、その言い分を信じたんだろうね」

「……悪いことしちゃった」

嘘をついておきながら、相手がその嘘を頭から信じ込むと、罪悪感を覚えるらしい。

ベルが鳴り、下り電車が風を伴ってホームに入ってくる。ホームドアが開き、数人が乗り、数人が下りる。発車まで少し長く感じたのは、ぼくたちが乗るのを電車が待っていたからか、それとも単にぼくの気のせいか。静けさの戻ったホームで小佐内さんが言う。

「とにかく、証拠写真は、これ」

コピー用紙にプリントアウトされた写真を見せてくれる。画質は粗いが、写っているものは充分に見て取れる。グラスを持った女子、ワインやシャンパンのボトル、そして満面に笑みを浮かべた古城さん。一見しただけだと、特に不審な点はない——ということは、それなりに精巧な捏造品だということだ。

地下鉄のベンチは暗く、寒い。写真を検討するには適さない。

「さすがだね。こんなに早く手に入れるなんて。……じゃあ、行こうか」

無言で頷き、小佐内さんはゆっくりと立ち上がる。

ベンチに使い捨てカイロが乗っていた。どうやら小佐内さんはこれの上に座っていたらしい。

素知らぬ顔でカイロを回収すると、小佐内さんは低い声で、

「ここからね」

と言った。


そうしてぼくたちは、再び古城さんの部屋に戻って来た。

古城さんはひどく物言いたげにぼくたちを迎えた。田坂さんに勝手に接触したことについて、何か言いたかったのだろう。だけど、小佐内さんが有無を言わせず突きつけた証拠写真を一目見ると、何よりもまず古城さんは甲高《かんだか》い声で叫んだ。

「こんなの嘘です！　偽物です！」

その目に、みるみる涙が溜まっていく。

「だってあたし、こんなことしてない！　こんなの……ゆきちゃん先輩、これ、嘘です！」

小佐内さんは古城さんを真っ向から見つめて、言う。

「そう思う」

「えっ……」

「わたしも、この写真は嘘だと思う」

慌てて目尻を拭《ぬぐ》い、古城さんは目を丸くして訊く。

「どうして」

「あなたは無実なんでしょう。だったら、偽物に決まってる」

ほんの少しも疑っていない、気負いも衒《てら》いもない言い方だった。古城さんは「ゆきちゃん先輩」と呟いたきり絶句して、しばらく何も声にならないようだった。

そのあいだに、ぼくと小佐内さんは明るい照明の下で再度写真を観察する。小佐内さんが携帯電話を操作し、茅津さんから転送された写真を表示させた。見比べるまでもなく、両者は違う写真だ。

茅津さんから転送された写真では、茅津さんと佐多さん、栃野さんの三人がグラスを片手に揃ってポーズを決めていて、手前のテーブルにはワインか何かのボトルが置かれている。栃野さんだけ、ポーズとしてグラスに口をつけていた。三人は壁際に立っているようなので部屋の広さはわからず、壁紙がストライプ模様になっているのが見て取れる。

三本木先生から受け取った写真に写っている古城さんは、若干右斜め上を見ながら満足そうに笑っていて、右手にグラスを持ち、左手はピースサインを作っている。着ているものはセーターとスカートで、セーターには大きな黒いリボンがあしらわれている。近くでは茅津さんがシャンパンをグラスに注いでいて、古城さんの後ろでは別の女子がカメラ目線でグラスを呷っている。壁紙はストライプ模様だった。

撮影場所は同じ部屋のようだけれど、アングルも被写体も違っている。両方に写っている人物は茅津さんだけで、そのほかには、どちらにもお酒と思しきものを飲んでいるひとが写っている点が共通している。

「こうして見ると、小佐内さんがもらってきた写真はやっぱりちょっとおかしいね」

小佐内さんが訊いてくる。

「どこのこと？」

ぼくは古城さんの左手を指さした。

「ピースしてるってことは、撮られてるのがわかってるはず。なのに目線が斜め上に向かってるから、なんか変な感じがする」

「……うん。それは、確かに」

ようやく古城さんの様子が落ち着いてきたようなので、訊いてみる。

「古城さん。この服、古城さんのかな」

赤らんだ顔で写真を覗《のぞ》き込み、古城さんは首を横に振った。

「違う。こんな服、持ってない」

「とすると、首だけすげ替えたんだ」

もう一度、顔だけに注目してよくよく見る。コピー用紙にプリントされた写真は画質が悪いけれど、意識して見れば確かに頭の輪郭線が少しぼやけているし、首の継ぎ目も見えないことはない。そしてぼくは、古城さんの頬に何か黄色っぽいものがついていることに気がついた。なんだろう、これ。

「問題は」

と、小佐内さんが呟いた。

「誰がこのパーティー写真を撮ることができたか。その写真データを持っているひとだけが、捏造写真を作れるんだから」

それはそうだろうけど……。

「撮ることができたのは、大晦日に茅津さんたちとカウントダウンパーティーをしたひとたち全員だよ。十二、三人って言ってたかな」

古城さんが勢い込む。

「じゃあ、そのひとたち全員に、誰がこの写真を撮ったか訊いてみればいいんですね」

「そうはいかないよ」

ぼくが言うと、古城さんは眉をひそめて黙り込んだ。小佐内さんが横から説明してくれる。

「それはとても難しいことよ。茅津さんも出席メンバー全員は把握してないみたいだし、そもそも相手に迷惑がかかるから、訊いてもたぶん教えてくれない。しかも、もしデータがネットに上げられていたら、誰がその写真を保存したのかつきとめるのはほとんど不可能になる」

「そっか……」

古城さんは、プリントアウトされた写真をじっと見つめる。

「なんで、あたしがこんな目に遭うんだろ。パーティーに出てた誰かが、あたしを恨んでたってことなんだよね……」

「心あたりはあるの？」

小佐内さんが尋ねると、古城さんは力なく首を横に振った。

「ないです。でも、でも誰かがあたしを……！」

声が再びせり上がっていく。

ぼくはこれまで何度か、隠された敵意を見抜いたことがある。笑顔の裏に、ひとを貶めようとする意図が働いていたのを察知したことがある。けれど、敵意を向けられたひとがそれをどう受け止めるのか、目《ま》の当たりにしたことはなかった。古城さんは自分が誰かに陥れられたことはとっくに知っていたはずなのに、いまその敵意の結晶である捏造写真を前にして、こころがぐらぐらと揺れている。こうなるのか。

ぼくはただの小市民であり、仮にそうでなかったとしても、ただの賢《さか》しらぶったさぐり屋に過ぎない。でも、ちょっとぐらいは何かできるだろうか？　誰が敵意を向けてきたのかはっきりさせることで、古城さんが少しだけでも楽になったりするだろうか。……ぼくは、それは疑わしいと思う。

でも、そうだ、古城さんは何が何でも誰が敵なのかを知りたいと言った。だったらぼくも、いまさら迷いはしない。

「小佐内さんらしくもないね」

と、ぼくは言った。二人の目が揃ってぼくに向けられる。

「問題なのは『誰がこのパーティー写真を撮ることができたか』だけじゃないよ。注目すべきは『誰がこの笑っている古城さんを撮ることができたか』、そして『誰がパーティー写真と古城さんの写真の両方を手に入れることができたか』だ。古城さん、この笑ってる顔、どこで撮られたかわからないかな」

突然訊かれて、古城さんは慌て気味に答える。

「えっ。写真なんてよく撮るし、文化祭とか、放課後とか……」

「よく見て。この頬のところ、何かついてる」

「頬？」

聞き返して、古城さんが目を写真に近づける。小佐内さんは目がいいけれど、やはり同じように写真を覗き込んだ。古城さんが呟く。

「ほんとだ。恥ずかしい」

——二人は同時に顔を上げた。

「あっ！」

「小鳩くん、これって！」

たぶん、そうだ。小佐内さんが強く言う。

「古城さん。オルカの最新号、あるよね。持って来て」

「はい！」

すぐに、ミニコミ誌オルカがテーブルに乗せられる。最新号のトップ記事は日伊パスティチェーレ交流会だ。市内のホテルで開かれた交流パーティーの様子、ずらりと並んだイタリア菓子、笑顔の参加者たちが写った写真が載っている。ワイングラスを手に談笑する男性二人の後ろで、この上もなく幸せそうに、頬にクリームをつけて、古城さんが笑っている。

捏造写真とオルカ掲載の写真を見比べる。目線の角度も、クリームの位置も、まったく同じだ。

「これね。気づけなくて恥ずかしいわ」

と、小佐内さんがしみじみ呟いた。

オルカそのものは名古屋市内のみならず周辺の都市でも販売されているので、この写真は誰でも手に入れることができた。該当する写真をスキャンするなり撮影するなりしてデータ化すれば、カウントダウンパーティーの写真と合成して偽の証拠を作ることができる。しかし、オルカに載っている写真では、古城さんの頭に、「交流パーティーははなやかに」という見出しの「に」がかぶっている。この「に」の文字をコンピュータ上で除去することは不可能ではないだろうけれど、犯人の画像加工技術は首の継ぎ目を違和感なく消すこともできないレベルだ。雑誌からスキャンしたデータで捏造写真を作ったとは考えにくい。となれば、

「犯人はオルカ編集部のひと……？」

古城さんが呟く。その可能性もなくはないけれど、オルカ編集部とカウントダウンパーティー、そして古城さんへの悪意の三つを結びつける糸があるとは考えにくい。

「あるいは、オルカ編集部から写真データをもらったひとだ」

「……そんなの、もらえるのかな」

「古城さんなら、お願いすれば簡単に譲ってもらえたと思うよ。被写体だからね。同じように、この写真に写っているほかのひとたちもデータをもらえたはずだ」

ぼくは、オルカの写真の中でグラスを手に談笑している二人を指さした。一人は中年の日本人と思しき男で、もう一人は髭を生やした白人の若者だ。

「この二人はパティシエだと思うんだけど、どっちか知ってる？」

古城さんは迷わず、中年男性の方を指した。

「このひと……」

ちょっと顔色が悪い。声も震えている。

「憶えてる。名前は知らないけど、あたしがシュークリーム食べてたら近寄ってきて、イタリア菓子の交流会なのにシュークリームを出すなんて無教養な店もあったもんだねって言ってき

た」

「そのシュークリーム、どこの店が出したのか知ってる?」

「……うちの店」

あ、それはたぶん、古城さんがパティスリー・コギのオーナーパティシエの娘だって知っていて、わざと嫌みを言いに来たんだろう。

「あたし、あのときはなんだか楽しかったから深く考えずに、でもシュークリームはフィレンツェのお姫さまがフランスに伝えたって聞いたことあります、って答えたんです。そうしたらこのひと、何も言わずに離れていきました」

小佐内さんがちょっと眉を寄せた。

「恥を掻かされたって思ったのかな。……でも、それだけでこんな写真作って、学校に送ったの? それに、カウントダウンパーティーの写真はどうやって手に入れたの?」

それらの疑問には答えられると思う。オルカに手を置き、ぼくは言った。

「古城さん。オルカ編集部に電話して、訊いてみて。マロニエ・シャンの栃野パティシエに、日伊パスティチェーレ交流会の写真データを送ったかどうか」

古城さんは目を見開いて、言葉の意味が染みこむまで少し時間がかかるようだった。

6

帰りの東海道線に乗り込む頃には、日はすっかり暮れていた。下り電車は満員だったけれど、ぼくと小佐内さんは運よくクロスシートに並んで座ることができた。向かい合わせの四人がけでぼくたちの前に座ったのは大学生らしき二人組で、どちらもイヤホンで音楽を聴いている。人混みの中では事件の話をしたくなかったけれど、これなら、少しぐらいは話せるだろう。

古城さんからの電話を受けて、オルカ編集部のひとは別に不思議がりもせず、確かにあの写真のデータを栃野パティシエに送ったことを教えてくれた。古城さんもご希望でしたら送りますよというのを丁寧に断って電話を切った古城さんは、少し青ざめていた。

栃野パティシエであれば、パスティチェーレ交流会の写真とカウントダウンパーティーの写真の両方を手に入れることができた。前者はオルカ編集部から、後者は娘の栃野みおから。栃野氏は以前から、パティスリー・コギに対して忸怩たる思いを抱えていたのではないか。小佐内さんが教えてくれた——年末恒例オルカ注目ことしのスイーツ店ランキングで三年連続一位だったマロニエ・シャンが、パティスリー・コギ・アネックス・ルリコのオープンで首位から陥落したと。

もともと恨んでいた古城の娘に晴れのパーティーで恥を掻かされた上、自分の娘は飲酒で停学になる始末。ひとの口に戸は立てられないし、マロニエ・シャンの娘は酒を飲んで停学になったと知れ渡るぐらいなら、同じ汚名をパティスリー・コギの娘にもかぶせてやろうとしたのだろう。あるいは……。主犯は、栃野みおの方かもしれない。どうせ停学になるなら、憎きライバル店の娘も巻き添えにしてやろうという魂胆《こんたん》だ。

二つの画像データから偽の証拠を作るのは大人の仕業という気がするし、飲酒の濡れ衣を着せて停学に追い込もうというのは中学生の発想という気もする。となると、親子共犯というのはあり得るラインかもしれない。まあ、目的は充分に果たしたし、どちらが主犯なのかまでは突き詰めなくてもいいだろう。

「小鳩くん」

揺れる車内で、小佐内さんが囁《ささや》く。

「よく知ってたね。マロニエ・シャンのパティシエが栃野さんだなんて」

こともあろうにパティシエの情報でぼくに先を越されたのだから、たぶん心中穏やかではないだろう。でも、小佐内さんは勘違いをしている。

「知ってたわけじゃないよ。そうじゃないかなって思っただけで」

「ただの勘ってこと?」

「うーん。勘よりはもうちょっと根拠があったけど」

マフラーごと首を傾げる小佐内さんに、考えの道すじを説明する。

「さっき、小佐内さんと田坂さんが礼智中学校に行っているあいだに調べ物をしたんだ。栃野さんのマロって渾名がどうしても引っかかってね。どうしてマロっていうんだろう、そういえばマロがつく言葉を最近ほかでも聞いた……って思ってた。栃野さんはスイーツ作りに興味があるって言ってたし、もしかしたらと思ったら大当たりだったよ」

「調べたって、何を?」

「簡単さ。……『栃』を辞書で引いたんだよ」

落葉樹であることや山地に自生することなどが書かれていて、その最後に、

「『マロニエ』も参照のこと、って書いてあった。マロニエってセイヨウトチノキのことなんだってさ」

小佐内さんが小さく唸った。

事件の関係者に栃野という名前の生徒がいて、パティスリー・コギに追い落とされたマロニエ・シャンという店があって、マロニエとはセイヨウトチノキのこと。ぼくは、この三つの符号は偶然ではなく、栃野さんのお父さんがマロニエ・シャンのパティシエなんじゃないかと推測した。そこに捏造写真の元データは日伊パスティチェーレ交流会で撮られたものだという事実が加われば、問題の解明は難しいことではなかった。

犯人はわかった。罪を着せられた理由も、ほぼわかった。古城さんの気持ちは、少しは晴れ

ただろうか。それとも――敵の名前がわかったからといって何も救われないというむなしさに、襲われてはいないだろうか。

さっき去り際に、小佐内さんは古城さんにアドバイスをしていた。捏造写真という証拠があるのだから、これをオルカ編集部に送りつけることもできる。栃野パティシエがやったことを書いて、投書すればいい。オルカ誌上でのマロニエ・シャンの扱いは、きっと変わるだろう、と。

「ねえ小佐内さん」

「なあに」

「古城さんは、投書するかな」

復讐のために。

小佐内さんは、なんだか眠そうだった。とろんとした半眼で、

「しないと思う」

と答える。

「だってあの子は、いい子だから」

それきり、小佐内さんは黙り込んだ。たぶん、疲れて寝てしまったのだろう。小佐内さんを起こさないといけないので、どうやらぼくは、眠るわけにはいかないようだ。満員の電車は帰路を進む――古城秋桜さんを、夜にひとり残して。

7

次の水曜日、ぼくと小佐内さんはパティスリー・コギ・アネックス・ルリコに招かれた。定休日だけれどテレビの取材があるので田坂瑠璃子さんは出勤し、取材の後にぼくたちを入れてくれたのだ。

「ゆきちゃん先輩には、すっごくお世話になったから」

そう話す古城さんの笑顔には、曇りがなかった。捏造写真をどう扱ったか、クラスメートの栃野さんとは何か話したのか……そうしたことを、ぼくも小佐内さんも尋ねなかった。頼まれごとは果たしたのだ。それ以上は別に知りたくないし、話させたくもない。

田坂瑠璃子さんは制服代わりの黒いエプロンを着けて、たおやかに笑っていた。

「本当に、ありがとうございました」

古城さんと田坂さんが並んで笑うのを見て、ぼくは柄にもなく、少し嬉しかった。先週の土曜日まで、古城さんは田坂さんを憎んでさえいただろうし、田坂さんは古城さんに遠慮があった。でもいま、二人は同じ空間にいる。ぼくたちは、捏造写真を手に入れるのに田坂さんが協力してくれたことを古城さんには話さなかったけれど、二人は何かの形で言葉を交わして——

少なからず、お互いの距離を縮めたようだ。

そうしたことを、たぶん、小佐内さんは見ていない。お店に一歩入るや否や小佐内さんは言葉を失い、体をふるわせ、棒立ちになってしまったから。

パティスリー・コギ・アネックス・ルリコの店内は、お菓子で彩られていた。パステルカラーのマカロン、マーブル模様のマカロン、原色に近いマカロン。ホールサイズのチーズケーキ。シュークリームを積み上げ、上からチョコレートをかけたタワー——クロカンブッシュと言います、とあとで教わった——。そして、普段ならフランス菓子店であるパティスリー・コギ・アネックス・ルリコに置かれているはずもない、ベルリーナー・プファ……なんだっけ、ええと、ベルリン揚《あ》げパンも。

「ぜんぶ、ゆきちゃん先輩のです！」

「撮影に使ったものですからお店には出せませんし、よかったら好きなだけ楽しんでくださいね」

小佐内さんが口を開け、何か言おうとしたけれど、あわわというような変な声しか出てこなかった。

古城さんから電話で、小佐内さんにお礼をしたいのだけどどうしたらいいかと相談され、じゃあお菓子でもてなしてあげてとアドバイスした。揚げパンのことを教えたのもそのときだ。小佐内さんはきっと喜ぶだろうとは思ったけど……。こんなに舞い上がるなんて、ちょっと推理できなかったな。

口許《くちもと》に両手を当て、目を潤《うる》ませ、小佐内さんはかろうじて言う。

「ええと、ねえ、わたし、死ぬの？」

古城さんが声を立てて笑う。時刻がちょうど六時になって、外の大時計から流れ出した「お牧場はみどり」のメロディーが店内を満たしていった。

初出一覧

巴里マカロンの謎　《ミステリーズ！》vol. 80（二〇一六年十二月）
紐育チーズケーキの謎　《ミステリーズ！》vol. 86（二〇一七年十二月）
伯林あげぱんの謎　《ミステリーズ！》vol. 92,93（二〇一八年十二月、二〇一九年二月）
花府シュークリームの謎　書き下ろし

検印
廃止

著者紹介　1978年岐阜県生まれ。2001年、『氷菓』で第5回角川学園小説大賞奨励賞（ヤングミステリー&ホラー部門）を受賞しデビュー。2011年、『折れた竜骨』で第64回日本推理作家協会賞、14年『満願』で第27回山本周五郎賞、21年『黒牢城』で第12回山田風太郎賞、翌年には同作品で第166回直木賞を受賞。

巴里マカロンの謎

2020年1月31日　初版
2024年6月28日　5版

著者　米《よね》澤《ざわ》穂《ほ》信《のぶ》

発行所　（株）東京創元社
代表者　渋谷健太郎

162-0814/東京都新宿区新小川町1-5
電話　03·3268·8231-営業部
03·3268·8204-編集部
URL　http://www.tsogen.co.jp
暁印刷・本間製本

乱丁・落丁本は、ご面倒ですが小社までご送付ください。送料小社負担にてお取替えいたします。

ISBN978-4-488-45111-0　C0193

北村薫の記念すべきデビュー作

FLYING HORSE◆Kaoru Kitamura

空飛ぶ馬

北村 薫

創元推理文庫

◆

——神様、私は今日も本を読むことが出来ました。
眠る前にそうつぶやく《私》の趣味は、
文学部の学生らしく古本屋まわり。
愛する本を読む幸せを日々嚙み締め、
ふとした縁で噺家の春桜亭円紫師匠と親交を結ぶことに。
二人のやりとりから浮かび上がる、犀利な論理の物語。
直木賞作家北村薫の出発点となった、
読書人必読の《円紫さんと私》シリーズ第一集。

収録作品＝織部の霊，砂糖合戦，胡桃の中の鳥，
赤頭巾，空飛ぶ馬

水無月のころ、円紫さんとの出逢い
——ショートカットの《私》は十九歳